CLEANING
繪／夜風

繪／夜風

魔豆

魔豆

除魔派對

vol.2

月夜下打工小凶

醉琉璃——著

夜風——插畫

除魔派對 vol.2

目錄

除魔派對
人設
毛絨絨
毛茅&黑琅

白烏亞
高甜
時衛

楔子

晚上十一點臨近十二點，榴華高中的社團大樓赫然還有一層樓燈火通明，一看就知道仍有人待在裡頭。

要是按照榴華高中的規定，過十點是不該有學生在校園內逗留的。

然而出來巡邏的兩名警衛卻像沒看見那片顯目的燈光，臉上連點驚訝的表情也沒有，更遑論是前往一探究竟了。

警衛們似乎早對眼下情況習以爲常。

事實上，負責夜班的警衛對此確實已相當習慣，或者說早就有人事先交代過他們。

能在那麼晚的時間待在社團大樓五樓的人物，也只有那一位。

榴華高中的校長。

外貌年輕優雅、年紀是謎的藍髮男子，有時會在夜深人靜之際逗留於自己的實驗室，偶爾會製造出一些驚人的聲響，或是強烈的白光。

警衛剛上任時，就曾以爲是發生什麼意外，慌張地衝上五樓，然後就被那扇沒有門卡無法打開的大門給阻擋在樓梯間。

忘了有對講機可以聯繫的警衛緊張地拚命敲門，就怕晚一秒會發生憾事。

再然後，被急促敲門聲引來的澤蘭打開了門，露出溫柔穩重的微笑。

那抹笑容放在白日很容易便能安撫人心。

可是當笑容的主人穿著一身實驗白袍，袍上還因不明原因潑濺著大量讓人第一時間聯想到鮮血的紅色液體，那可就宛如親臨恐怖片現場——事後證明了那只是化學染料。

當時還是職場菜鳥的警衛差點以為自己看到了殺人魔，反射性發出了丟臉的尖叫聲。

這件事成為了同業間的笑談。

唯一令年輕警衛安慰些的，就是他不是第一個將他們學校校長誤當成殺人魔的人，想必也不會是最後一個。

不管如何，如今榴華高中的警衛們都已清楚體認到，凡是社團大樓五樓在深夜亮起燈光，為了心靈健康及人身安全，最好還是自動繞道。

無意間在校園警衛心中成為洪水猛獸般存在的澤蘭，此刻待在他專用的實驗室，一邊手指靈活飛舞般敲打著記錄，一邊與人進行視訊。

垂掛在牆上的巨大投影布幕上分割出了多格視窗，每一格視窗內都是一道身影。

如果除魔社另一名指導老師在場，她必定會挑挑眉毛，以漫不經心的語氣喊出對那些人的尊稱。

他們都是除穢者協會的高層人員。

對外身分則是私人企業的董事或執行長。

澤蘭正在向他們報告前幾日在榴岩市發生的人形污穢事件。

所謂的污穢，是一種由土地產生出的廢棄物。

當大量骯髒、負面能量累積到一個極限，就會產生出孕育著污穢的孢子囊，造成四周環境的污染。

所謂的污染，並非單純是表面上被黴斑佔據，而是那個地區的「運氣」也會遭到吞噬，使得天災人禍頻傳。

所以清掃黴斑，一來是穩住該地的運氣，不讓它往糟糕的方向一路跑去；二來則是降低污染的深度，在孢子囊成熟前，找到它，搶先一步扼殺污穢。

一旦孢子囊破裂，具備著非人姿態的污穢就會降臨於世。

成為在人類眼中的怪物。

污穢有力量，有智慧。

但它們沒有人形，這是它們身為怪物的最大證明。

偏偏榴岩市卻出現了第一個擁有人形的污穢，這無疑徹底推翻除穢者們以往的認知。

那名人形污穢外貌如同稚齡少女，臉蛋青澀，一雙紅玉似的大眼睛缺乏生物該有的情感；一身鮮紅的斗篷更讓她看起來就像是童話故事中的小紅帽。

在人形污穢還沒獲得具體的新稱呼之前，澤蘭都是用「小紅帽」來代稱她。

除了從外觀看像是人類之外，小紅帽和一般污穢還有著決定性的不同。

她不只吃契魂——還啖吃血肉。

這將是一個對除穢者或普通人帶來可怕威脅的危險存在。

根據時衛提交的報告，小紅帽是由薄荷偶然發現到的一株孢子囊所孕育出來的。

原本身為除魔社的一員，薄荷理應直接消滅隨時會誕生污穢的孢子囊，沒想到她起了異心，竟是將孢子囊帶回家，最終孵化出擁有小女孩姿態的污穢。

人形污穢是如何變異生成的？是否僅此個案，又或者……將誕生更多於世間？

能夠收集的資料太少，即使是除穢者協會也難以做出判斷。

唯一可以肯定的是，倘若答案是後者，那絕對是一場災禍。

目前協會能做的，便是將消息傳達下去，讓除穢者和各所高中的除污社都做好提防。一旦發現新的人形污穢便要立即通報，並且想方設法將之格殺，將結晶送回協會研究。

澤蘭無意識地輕敲了敲桌面，他明白協會為什麼沒有考慮要活捉人形污穢。

那樣太危險。

而且，容易重蹈覆轍。

協會不希望「歷史」再重來一次。

在沒有更多情報的狀況下，布幕上的視窗一個接一個轉暗，代表與會人士紛紛下線了。

最後只剩下一抹人影還在線上。

「澤蘭。」那名有著一頭淡色長髮的溫婉女性開口，「你還不打算回來協會嗎？你更適合待在那裡……這不只是我一個人的意見，也是其他人的。」

澤蘭停下打字的動作，漆黑的雙眼直直迎視上協會的副會長。

「科研部的領導位子還是空著的，我們都希望你能回來接下它。」關依月說。

「不，我喜歡學校，教育孩子是件相當讓人有成就感的事。」澤蘭微笑地再次拒絕了，「況且，榴華的資源也相當豐富，妳知道的。」

關依月確實知道，她揉揉額角，忍不住吁出一口氣。

榴華除魔社的現任社長根本就是一個會行走的金庫，家族財力太過雄厚的他，或許從來不知道「克制」和「節省」是什麼意思。

在時衛的字典裡，恐怕就只有「喜歡就買買買」、「爲什麼不買」。

當初甚至因爲嫌棄社團服裝太醜，違背了他的美學，又被上面限制不能只有榴華除魔社搞特殊，他二話不說，乾脆把所有除污社的換裝費用全包下了。

之後仿生契靈的外觀同樣被嫌棄不夠美、不夠風格一致，也一併被他大手筆全部更換。

類似這樣的事例，可以說是不勝枚舉。

時衛簡直是毫不吝惜地──展示什麼叫作「有錢，任性」。

還有，有錢得令普通人好生氣！

自認只是普通人的關依月默默收起對澤蘭的嫉妒之心，決定等時衛畢業後，勢必要把人拐到協會裡，讓對方成爲他們的大金主。

「我懂你的意思了。如果哪天改變心意，隨時可以再聯絡我們。倘若你不介意，也可以讓時衛多和我們聯絡。」

澤蘭但笑不語，他可沒打算把「錢包」推出去送人。

關依月對他的反應不感意外，正當她準備下線，視線忽地瞥見堆在澤蘭手邊的一疊書。有幾本書書背正對著她，讓她能清楚瞧見書名。

《污穢的起源與誕生》

《污穢在歷史上的出現記錄》

《門與土地的關聯性……是謬論，或合理推論？》

「你還在研究那些早就有了答案的東西？」關依月不甚贊同地揚揚眉毛，「污穢是從土地裡產生的，就連最菜鳥的實習生都知道這點。」

「但這不妨礙我深入研究。」澤蘭對關依月的不以爲然毫不在意，他露出一貫溫和優雅的笑，「也許哪一天，我們所知的都會被推翻。不管怎樣，知己知彼都是有利而無害的，不是嗎？」

「的確是。」關依月同意這點，「不過我個人還是建議你可以看些別的書。例如《如何告別單身狗身分》、《如何成功和異性／同性展開約會》……畢竟你也一把年紀了。」

在澤蘭優雅地吐出辛辣的反擊之前，關依月迅速結束了視訊。螢幕上的最後一抹身影瞬間消失不見，視窗化成一片黑暗。

少了說話聲的實驗室霎時陷入一片死寂，明亮的燈光將這處堆滿冰冷儀器的空間映襯得越發缺少人氣。

穿著白袍、膚色過於白皙的藍髮男子在冷光的映照下，有如一座精美的雕像。

下一秒，這個錯覺就被打碎了。

澤蘭伸伸懶腰，拉開繃得有點痛的筋骨，像個老年人揉揉腰側，這才慢悠悠地站起來，收起投影機和布幕。

他沒有將紫髮男孩身邊的黑貓能夠化爲契靈的事，一併呈報上去。

事實上，即使說出來，也不會在協會裡激起太大的水花。

也許以實習生或大多數除穢者的眼光來看，黑貓的存在簡直就是不可思議，還推翻了他們的認知。

契靈是由契魂產生出來的武器，它們可以改變形態，可以超乎想像，卻不會超出武器概念的範疇。

武器該是冰冷、無生命的。

如今，卻有武器能夠以生物姿態存在，這可說是前所未聞。

起碼對他們來說，確實是前所未聞。

然而對於資深除穢者的澤蘭或是協會幹部們而言，就不是了。

澤蘭坐回筆電前，點開了只有協會高階人員才能進入的資料庫，從中找出他需要的東西。

一份關於上任科研部部長的檔案。

照片裡是一張銳利俊美的男性臉孔，與澤蘭認識的紫髮男孩完全找不出相像之處。

而那名男人就是毛茅的養父，目前行蹤成謎的退役除穢者。

澤蘭目光落至文件上的備註欄，猜測裡頭提到的「輕微路痴」，估計爲對方的行蹤成謎做了最大的貢獻。

不過他要看的並不是這些，墨色眼珠很快又上移到「負責項目」這一欄。

前任部長曾負責開發舊版和新版的仿生契靈。

新版的仿生契靈就是現在廣爲人知的人造契靈，外觀統一爲長劍，專門提供給契魂還未成熟或是進入枯竭期的除穢者們使用。

至於舊版的仿生契靈——那才是眞正符合「仿生」這個字詞含義的存在。

仿生，模仿生物。

科研部曾試圖創造出具有生命的武器，只不過最後的結果卻是……

澤蘭點擊兩下滑鼠，放大圖片。

舊版仿生契靈的開發案上，被蓋上了鮮紅的「實驗作廢」四個大字。

作廢原因沒有特別標出，不過包含澤蘭在內的高層人士都心知肚明。

那實在是一個……說不太出口的眞相。

嘆了一口氣，澤蘭關閉檔案。

從前任部長和毛茅的關係來看，他覺得自己已經有理由可以相信，那隻名爲「黑琅」的大黑貓，想必就是當初那項實驗中留下的成品。

想到那隻被養得過胖的黑貓，澤蘭就感到手指有些癢癢的，有機會眞想揉一把那豐滿的肚子或軟軟的肉球。

將會妨礙工作的念頭抹去，澤蘭滑動椅子底下的滾輪，移動到另一張桌子前。那裡零散地堆放著幾枚花葉形狀的剔透結晶，表面還泛著淡淡的流光。

這是小紅帽被消滅後留下來的東西。

和一般污穢的透明結晶不同，人形污穢的結晶帶著一層緋紅色。

令人想到紅寶石。

那一夜獲得的結晶大部分都已送回協會，少部分則是留下來讓澤蘭自己研究。

澤蘭拿起其中一朵體積較小的結晶花，白皙的指尖在表面上細細摩挲著，心裡轉過了他已自問過無數次的問題。

自他進入了除穢者的世界以來，他就忍不住地一直問著。

「污穢……究竟是從何而來？」澤蘭凝視著手中像是由寶石雕刻出的剔透花朵，美麗耀眼的姿態著實令人難以想像它竟是由污穢死後所產生，「是像書上記載的一樣，真的是由土地誕生，抑或是……還有別的可能呢？」

澤蘭的喃語輕輕地飄蕩在實驗室裡，尚未完全散逸，就冷不防被另一個音響蓋過。

「哈啾！」

那是澤蘭突然間打了一個大大的噴嚏。

他感到鼻子持續發癢，連忙伸手再摀住口鼻。隨後又是好幾個噴嚏響起，在寂靜的實驗室裡激起響亮的回音。

「哈啾！哈……啾！啾！」

當澤蘭放下手，他的鼻尖已經泛紅，甚至連眼眶也跟著紅了一圈，眼底浮現水氣，看起來就像剛哭過似的，將他一貫的優雅形象破壞個大半。

就算不用照鏡子，澤蘭也知道自己現在就是一副可憐兮兮的樣子。

即使好不容易壓下了想打噴嚏的衝動，偏偏眼淚無法控制，頓時讓那雙墨黑眼睛浸染得水汪汪。

「眞是該死，又來了……」澤蘭低咒一聲，忙不迭放下結晶，把所有發亮的晶體都推離自己遠遠的。

似乎嫌這樣還不夠，澤蘭直接站到實驗室另一端——這番舉動簡直就像把污穢的結晶視爲毒蛇猛獸。

幾分鐘過去，鼻子和喉頭發癢的感覺終於漸漸轉淡，但症狀仍沒有完全緩和。

榴華高中的美人校長吸吸鼻子，又抽張衛生紙擦擦滴溢出來的淚水。

在他這怪異的過敏症找到根治方法之前……

他是絕對不會回到協會去的！

誰要讓那些人看到自己哭哭啼啼的樣子啊！

第一章

假日的早晨向來悠閒，這種氛圍自然也充斥在毛茅他們家中。

帶著熱度的明亮陽光從窗外灑射進來，在客廳地板上留下淡金色的不規則光斑。

其中一束日光也照到了客廳的沙發上。

那裡正蜷縮著一團巴掌大的毛茸茸圓形球體，乍看下像一顆白麻糬或是雪球。

不過當他翻了一個身，短短的翅膀無意識張開一些，就會發現那原來是一隻圓滾滾的雪白鳥兒。背部、翅膀和長尾巴上染著灰黑，頭頂上還戴著一個小小的耳罩。

單從最後一點來看，就能猜出這估計不是一隻普通鳥。

普通鳥可不會戴耳罩的。

更別說普通鳥是不會在睡夢中發出「貧乳萬歲」的夢囈。

沙發上的雪球再次翻動身軀，接著就一路滾呀滾的……滾出了沙發外。

「啪唧」一聲，雪球摔到硬邦邦的地板上，砸成了一灘雪餅。

同時也砸得毛絨絨從美夢中驚醒，黑豆子般的眼睛瞪大，一時竟分不出東西南北，只覺眼前像有一串小星星在循環轉動。

毛絨絨晃了晃腦袋，總算把小星星甩走，映入視野內的景象也逐漸變得清晰。

噢，他在毛茅家裡。

目前是被收養的食客，地位階層則是最低低低低……超級低的那種。

這句話自然不是毛茅說的，而是臭屁自戀的大黑貓冷笑地宣布。

黑琅完全不允許家裡有外來鳥跟自己爭寵，那些通通是妖艷賤貨，哪能跟清純不做作的他相比！

想起自己是在哪，毛絨絨打了個小小的呵欠，原先來到舌尖前的疑問也全數嚥回肚子裡。

倘若不是認出這是毛茅家，他可能又要慌慌張張地大叫「我是誰」、「我在哪」、「發生什麼事了」。

整理整理自傲的白色羽毛，毛絨絨精神抖擻地跳起來，拍拍短得可愛的小翅膀，準備要進行他今日的偉大任務。

「起床了、起床了！太陽曬屁股了！」

毛絨絨一邊繞著屋內飛，一邊拉高了嗓音大喊。

「快起來！毛茅、陛下，都快中午十二點了！再不起床眞的會……」

毛絨絨來不及說出會怎樣，就被一記凌空襲來的貓爪子狠狠拍飛了。

可憐的白糰子彈撞上窗戶玻璃，把自己圓滾的身軀都撞得扁扁，接著才從上頭滑落下來。

「不過是小小刁民，居然敢擾了朕的清靜？」樓梯上慢悠悠走下一抹黑影。

黑影有著金黃色的眼睛，像是上等墨色染出的黝黑皮毛，頸間繫著一條紅項圈。

無論怎麼看，就是一隻黑貓，還是曾被人誤當成小豬的胖黑貓。

黑琅踩著優雅的步子來到一樓，看都沒看那團又撞暈的雪球一眼，自顧自地舔舔貓掌，再用貓爪爪做出類似洗臉的動作。

直到覺得清洗乾淨了，體型肥胖的黑貓壓低前肢，拉長背脊，伸了一個大大的懶腰，嘴巴也張得大大，一雙金燦的眸子瞇得細細，眼角處還滲出幾滴生理性淚水。

當打完一個大呵欠，黑琅抖抖身子。那一身滑順黑亮的皮毛上彷彿跟著掀起了一場小地震，讓底下的肌肉跟著顫動起。

做完一連串活動的黑琅，終於願意分一絲目光給牆邊的毛絨絨。

「朕給你十秒鐘的時間解釋。說，誰給你勇氣的？不知道吵醒朕是要拖去砍頭的大罪嗎？不過……朕還是挺寬宏大量的。」

黑琅踱步來到毛絨絨面前，用前爪推動那顆軟綿綿的球，語氣難得透出柔和。

「把你的一隻翅膀塗蜂蜜，然後放到烤箱裡烤吧……等等，還是兩隻好了。朕不能不關心朕的鏟屎官，畢竟毛茅還在成長期。」

毛絨絨剎那間都嚇清醒了。

「砰」地一下，雪球的毛蓬起，轉眼變成了人。

「沒……沒翅膀了！」白髮少年噙著兩泡眼淚，兩隻手藏在後面，顫顫地說，「陛下，你到底對蜂蜜有什麼堅持？」

「你說的對，朕不能固執。」黑琅破天荒地同意他的意見，「朕可以接受換成莎莎醬。」

似乎是回想起烤翅膀沾上莎莎醬的滋味，黑琅瞇起眼睛，伸出舌頭舔了舔，不經意間還露出森白的尖牙。

「就、就算是莎莎醬也不要啊！」毛絨絨的人形維持不到幾分鐘，就被黑琅嚇得再度變回小白鳥。

外形讓人聯想到白麻糬的小鳥以最快速度衝向了二樓，要把這個家的一家之主叫醒，爲自己主持正義。

「毛茅！毛茅！有貓要烤鳥了！你不能讓世界損失像我那麼美麗的小鳥啊！沒了我……你會爲我哭泣的！」

毛絨絨有如一道潔白流星，「咻」地竄上二樓。也不知道他在鳥形的情況下，是怎麼打開主臥室的房間門。

快速跳上樓梯的黑琅豎起耳朵，聽見房門被開啓的聲音，隨後就是毛絨絨高尖的嚷聲。

「毛茅、毛茅，快救我！」

黑琅加快速度，三兩步就跟著奔至毛茅的房間外。他出現的時機抓得剛剛好，正巧目睹紫髮男孩被吵醒後的直接反應。

一，閉著眼睛，看也不看地伸手往旁邊一摸。

二，被拽扯到手中的白胖枕頭毫不猶豫地就往噪音來源一扔。

枕頭宛若泰山壓來，蓋住了在空中飛舞的毛絨絨。

下一秒，小雪球被大枕頭掩埋在底下，連點撲騰的動靜也沒有，約莫是被砸昏了。

看著毛茅直挺挺地倒回床上，棉被一拉，蓋住臉面，黑琅愉悅地喵了一聲。

看醜鳥被欺負，就是爽！

想著假日就讓自家鏟屎官多睡一點，黑琅晃著尾巴離開房間，決定去屋外再撲撲其他的鳥當作晨間運動。

古人是撲蝶，他是撲鳥，多有氣質。

九月的氣溫仍相當高，一走出屋子，就能明顯感受到空氣裡的熱度。

黑琅瞄了瞄四周，發現沒看見半隻適合自己撲的鳥後，他不滿地「嘖」了一聲，考慮著該不該再回去把屋裡的那顆雪球弄醒。

但做得太過分，恐怕會惹來毛茅的懲罰……想到紫髮男孩笑咪咪，然後冷酷地沒收今日會有的高級罐罐，黑琅最末還是打消了這個主意。

就在他打算回去屋裡，看些智障但起碼能打發時間的節目之際——例如冥王星寶寶——一抹出現在綠色圍籬外的人影拉住了他的腳步。

和黑琅對上目光的橘髮少女登時露出一抹驚喜的笑意，讓她本就明媚的五官更增添一層熠熠光采。

黑琅認得對方是誰。

那是木花梨，他家鏟屎官的社團學姊。

也是上一回小紅帽事件中，幾乎陷入險境的事主。

想到木花梨曾經喜歡過那個叫「薄荷」、還看不起毛茅的雙馬尾女孩，黑琅深深覺得這名雌性人類的眼光確實須要改善。

「大毛！」木花梨在圍籬外朝黑琅揮手，漂亮的棕眸瞇成彎月，「你好，請問毛茅在嗎？」

黑琅覺得對方估計還是個傻的——嗯，怪不得會帶著冥王星寶寶的吊飾。

木花梨在小紅帽事件中雖然見到他從貓變成了武器，卻可沒聽見他說話。照理說，應該還是要把他當成一隻不太普通，頂多能變成武器的超級帥貓。

而且他不是大毛，是黑琅！

但木花梨還是對他打了招呼，詢問了毛茅有沒有在家。

黑琅微瞇眼睛，抬頭對笑吟吟的橘髮少女喵了一聲，隨即再走向大門。

從木花梨的角度看不清黑琅做了什麼，可隨即她就聽見門鎖打開的音響。

大門被打開了。

蹲立在門口的胖黑貓甩動尾巴，又衝著木花梨喵了一聲，隨後掉頭往回走幾步，再轉頭望向對方。

在還沒跟毛茅達成共識之前，黑琅不打算讓更多人知道自己會說話的事。

瞧見黑琅彷彿示意自己跟上的動作，木花梨強忍住想要擼貓的衝動，趕緊邁出步伐。

一進到屋內，黑琅先確認沒小黃書散落在地板上，這才向沙發邊緣拍了拍，要橘髮少女在這坐下。

將帶來的袋子放下，木花梨剛端正坐好，就見到黑貓立刻像道黑色閃電奔竄上了二樓，一下就消失蹤影。

猜測對方應該是去叫主人了，木花梨維持端莊的坐姿，眼神好奇地觀察起小學弟的家。

整理得相當乾淨，就是裝零食的紙箱子特別多……一個個排列在客廳牆邊，大多都是各種口味的洋芋片。

木花梨不自覺抿唇彎出笑意，原來總是展現從容的小學弟，也有符合孩子氣的一面。

不到一會，樓梯間便傳來了「啪噠啪噠」的音響。

有人影踩著絨毛拖鞋，匆匆忙忙地跑下樓。

一身雪白搭配上覆著絨毛的耳罩，讓白髮少年給人的外在形象就是格外軟綿，彷如由大量棉花堆積而成。

「啊，你好。」木花梨馬上站起來，向毛茅的同居室友打招呼。

「不、不好意思……」毛絨絨連忙彎腰道歉，「毛茅他等會就下來了，木……」要喊對方什麼比較好？猶豫在毛絨絨的舌尖上短暫地徘徊一會，就化成清亮的音節滑出。

「木學姊！」他決定仿效毛茅，「妳先坐一下，我去倒茶給妳！」

「不……」不用那麼客氣的。木花梨來不及說完整句話，那抹雪色身影已跑進廚房裡。

緊接著走下樓梯的，就是木花梨今日要拜訪的對象。

毛茅一臉神清氣爽，絲毫看不出是剛睡醒；腳邊跟著神情倨傲，擺晃著長尾巴的黑琅。

「學姊好。」毛茅笑嘻嘻地打招呼，「要一起吃飯嗎？我煮喔。」

「毛茅的手藝很不錯的！」毛絨絨端著茶杯鑽出廚房，為紫髮男孩作證，「沒騙人、沒騙鳥也沒騙貓！」

黑琅吐出一聲「喵」作爲附和。

木花梨不是很明白這跟騙鳥又有什麼關係，她懵懂地點了點頭，但對於主人熱情的邀約還是搖手婉拒了。

「謝謝你啊，毛茅。」木花梨溫柔地說，「不過眞的不用了，晚點我和同學約好了呢。我今天過來，是想來向你道謝的。」

「道謝？」毛茅走到另一張沙發上坐下，眼角微勾的大眼睛好奇地瞅著人。

「嗯……那一天的事情，很謝謝你。」

雖然木花梨沒有明指，不過在座的人和貓都知道是哪一天。

——木花梨被薄荷誘騙，險些就要遭到人形污穢挖出契魂的那天。

「這不用跟我道謝的。」毛茅搖了搖頭，在黑琅跳上他膝頭的時候，手指自動爲對方揉按起來，「我沒做什麼特別的事。」

木花梨望著那雙閃亮時會令人想到金色熔漿的眸子，對方的眸底澄澈眞摯。

很顯然地，紫髮男孩是眞的沒將自己做過的事放在心上，也不認爲那是須要專程道謝的事情。

但是木花梨覺得要。

也許毛茅認爲不値得一提，可是那簡單眞誠的話語，對她卻是最強力的安慰。

「學姊，生日快樂，請妳吃洋芋片。笑一個吧，下一個人會更好的。」

嗯，她想一定會更好的。

「眞的很謝謝你，毛茅，這是要送給你的。」木花梨笑著將一大袋洋芋片遞向前。她的笑容沒有一絲陰霾，像春天明媚的陽光灑落下來，既耀眼又動人。

輕易就能讓人怦然心動。

毛茅抱著滿滿的洋芋片，幸福和感動的泡泡充斥在他的心裡，讓他忍不住發自肺腑地說，「木學姊，十五年後要是妳還是單身的話，能考慮跟我交往嗎？」

木花梨眨了眨眼，似乎有些驚訝。

不過她也沒有因爲毛茅的年紀小，就將那番疑似告白的話視作兒戲。

她很認眞地給出了回應。

「毛茅，你人很好，未來也一定會成爲好男人的。可是……」木花梨滿懷歉意且堅定地拒絕了，「我已經確定自己喜歡的是女孩子了。」

她雖然不明白毛茅爲什麼總要強調十五年後，但她可以知道一件事。

她和小學弟——

性別不同，是無法談戀愛的！

被發了好人卡的毛茅在送走木花梨不久，就迅速走出失戀的陰影了。他特地找了一個新箱子來放置木花梨所送的一大袋洋芋片，不忘虔誠地在箱子上寫下「學姊的愛心」幾個粗黑體大字。

「毛茅，飯！朕要吃飯！」黑琅用爪子耙拉著毛茅的褲管，氣勢洶洶地為自己爭取權益。

「知道了，你總要讓我去煮……不然大毛你就自己跳進烤箱吃自己吧。」毛茅毫不在意腿部掛了個大型飾品，一步一步地往廚房移動。

毛絨絨不落貓後，連忙也小跑步地跟了進去，心裡則有絲竊喜。

毛茅沒特別交代要變回鳥形，是不是就代表他今天可以用人形吃飯了？

想到人形的自己能夠吃得更多，白髮少年摀著心口，感覺自己幸福得要暈倒了。

毛茅沒有打破毛絨絨的幸福想像，他找出昨天剩下的白飯，動作熟悉地打蛋、切蔥、加些火腿丁和玉米粒，再滴幾滴香油。

片刻後，三盤熱騰騰、香噴噴的蛋炒飯就上桌了。

「萬歲！」毛絨絨興奮地高舉雙手，雙眼緊緊黏著面前粒粒分明的金黃炒飯，「我有好多飯可以吃耶！」

「聽起來好像我平常虐待你似的。」毛茅不在意地挖了一大口，對自己的手藝充滿信心。

「才木有呢，毛茅木有虐待窩的……」毛絨絨的嘴巴塞滿食物，口齒不清地回著話。

「他看起來很希望你那樣對他啊，毛茅。」黑琅煽動，「朕認為你就該滿足他的願望。」

「唔唔唔！」毛絨絨嚇得花容失色，忙不迭猛搖頭，就怕毛茅採納了黑琅的意見，他的生活從此就真的要水深火熱了。

「吃你的飯吧，大毛。」毛茅戳戳黑琅肥滿的肚子肉，惹來對方朝他齜牙咧嘴，但終究捨不得抓傷他一絲一毫。

這個家的餐桌上並不講究吃飯就得安靜地吃飯，在囫圇吞了好幾口蛋炒飯後，毛茅又率先開口。

「毛絨絨，這幾天你還有再想起什麼嗎？那些東西對你有效嗎？」

被點到名的白髮少年抬起頭，嘴裡還含著湯匙，表情看起來有些呆懵。好半晌他才反應過來，毛茅口中說的「那些東西」是指什麼。

毛茅前幾天去娃娃機夾了幾個可愛的布娃娃，其中一個還特地找了接近小紅帽造型的。

一切只因爲自己曾說過，小紅帽事件中遺留下的布娃娃……讓他隱約想起了什麼。

即使最後那個「隱約」還是無疾而終，但毛茅不但不計較，還想方設法地給予幫助，這讓毛絨絨感動得一顆心都像浸泡在糖水裡。

「毛茅……」毛絨絨放下湯匙，淚眼汪汪，「對不起，我還是想不起來……我我我我會努力的！」

「乖啊。」毛茅伸長手臂，揉了揉那顆雪白的腦袋，眉眼含笑。

只有黑琅才看得穿那張開朗天真的笑容下，刷著全是一條條「寶石寶石寶石」、「報酬報酬報酬」的彈幕。

黑琅瞄了毛絨絨一眼，暗暗嘲笑對方果然就是個容易被人騙的傻白甜。

兩人一貓吃飯的速度都不慢，大大的盤子不消一會就見了底。

「好啦，吃得差不多了吧。」毛茅用湯匙輕敲了敲杯緣，清亮的聲音將另外兩道目光吸引過來，「早餐會議的時間開始了，有什麼意見想發表的就這個時候說吧。身爲一家之主，我都會好好聽的。」

「我！」毛絨絨飛快伸長手臂，背脊努力挺得更直，「毛茅，我晚上想吃豪華大餐，要有香檳、牛排的那種！最好是邊吃邊欣賞充滿小胸美少女的美妙書籍！」

「要什麼大餐？你負責躺上桌不就行了？」黑琅冷笑。

「不行。」毛茅堅定地拒絕。

正當毛絨絨熱淚盈眶地瞅著毛茅的時候，後者又說：

「毛絨絨太小隻了，塞牙縫都不夠的，還是等以後眞的彈盡糧絕再說吧。」

毛絨絨感動的神情僵住，掛在眼睫毛上的淚珠「啪」地砸落在桌面上，有如在呼應他的心碎和不敢置信。

原來……他在家中連食客都不算，他只是儲備糧食嗎!?

黑琅得意地發出哼聲。他就說，沒鳥可以跟他爭第一寵物的地位！

「那那那……」毛絨絨蒼白著臉，顫抖著聲音說，「那在哪一天我眞的要被毛茅你吃掉之前……今晚可以先吃大餐嗎？要牛排！要三分熟的！」

「可以啊。」毛茅爽快地應允，還爽快地朝毛絨絨攤開手，「先上繳你的生活費吧。」

「不，我是說可以吃牛排口味的洋芋片嗎？」毛絨絨果斷改口，「我覺得牛排口味的洋芋片非常美味呢！」

「我完全同意你的意見，不過我是不會分你一包的。」毛茅嚴肅地說，「我今天剛好也想吃牛排口味，所以最多分你一包芥末的，要抱著敬畏的心情吃掉它，懂嗎？」

毛絨絨戰戰兢兢地說懂。

下一秒，毛茅話鋒一轉，「不過呢，我有時的確也會想吃眞的牛排，熱騰騰、會冒白氣的那種，當然切開帶紅就更好了，這樣甜美的肉汁就會跟著滲溢出來。吃下的時候啊……」

這番形容聽得在場的一人一貓都感到口水要分泌出來。

「朕也挺懷念牛排的味道。」黑琅抬起前爪，摸摸他圓潤的下巴，「不過毛茅，家裡錢還夠嗎？朕可是不會賣身抵債的。」

「我也不會的！」毛絨絨趕緊附和地搖搖頭，他可不想爲了貪吃一頓，淪落到在人家店裡洗碗的下場，「毛茅，你千萬不能將我賣了，就算是別人覬覦我的美色也不行的！」

「放心好了，沒打算賣你們，畢竟賣了也換不到錢，自然要靠別的方法才行。」毛茅短嘆長吁，落至一人一貓的目光上帶點恨鐵不成鋼的意味，像是在嫌棄他們倆怎麼就那麼不值錢。

毛絨絨寒毛一豎，反射性抱緊黑琅，和他一塊瑟瑟發抖。

抖了一會，黑琅才意識到自己居然被毛絨絨抱在懷裡，頓時炸毛地掙脫出來，順便給大膽刁民的臉頰留下一記梅花印。

「朕的尊貴之軀是你能隨便碰的嗎？」黑琅對著毛絨絨凶惡地露出尖牙，爪子作勢往空中揮劃一下，「別把朕當成外面那些隨便貓，信不信朕撕了你啊？」

「嚶……信……」被凶狠威脅的毛絨絨只好改抱緊自己，同時不忘疑惑地瞅向毛茅，「毛茅，那你是要靠什麼？」

「這時候，就是要靠這個啊！」毛茅帥氣地掏出手機，「懂嗎？這個！」

在毛絨絨一頭霧水的注視下，只見紫髮男孩點按進一款手遊裡，跳過開場動畫，直接來到每日一抽卡的地方。

毛茅先慎重地朝自己的手掌吹了吹，又搓了搓，接著是快狠準地往螢幕一戳。

音樂響起，華麗的光芒瞬時迸成放射狀，隱約有人影開始成形。

下一剎那，歡呼聲在廚房裡爆開。

「太棒啦！抽到ＳＳＲ的卡了！還是期間限定角色！」毛茅高舉手機，宛如高舉一支勝利的火把，「今天運氣肯定超好，能夠順利完成打工的！」

「幹得太棒了，朕的鏟屎官！」黑琅大聲叫好。

「咦咦咦——」唯獨毛絨絨還是滿頭問號。他知道ＳＳＲ是卡牌角色中珍稀度最高的等級，可是這個……跟打工有什麼關係？

「說你是傻鳥，還眞的是傻鳥。」黑琅鄙夷地斜了一眼過去，「看不出來嗎？這是種占卜、占卜。ＳＳＲ表示打工百分之百有收穫，ＳＲ則是百分之七十五的機率有收穫，再往下就是百分之五十和百分之二十五。」

「既然都肯定會有收穫了，那今晚就非出門不可！」毛茅眉飛色舞地宣布。

毛絨絨的嘴巴再也忍不住張成一個圓，目瞪口呆地看著把卡牌等級當作幸運指數依據的紫髮男孩。

還、還有這種參考的喔……毛茅究竟是打什麼工啊？太神祕了吧！

第二章

晚上十點半的榴岩市，市中心依舊相當熱鬧；相比之下，偏僻的市郊顯得冷清許多。

毛茅習慣性地揹著專門放零食的黑色齒輪包包，脖子上掛著一隻肥美的黑貓。

本來頭頂上預計還要蹲一隻雪球鳥的，不過毛絨絨今天的心情是想要變成人形。

兩人一貓就這樣頂著夜色，來到了幾乎不見人煙出沒的荒涼地帶。

深如潑墨的夜晚，濃厚的雲層遮住了月亮。

用一句話來形容，就是月黑風高……

「殺人夜……」戴著毛茸茸耳罩的白髮少年細聲細氣地對今夜的天氣發表了意見，然後就被貓肉球重重地搧了一記。

「呸！你恐怖片看太多了是不是？」佔據毛茅肩頭位置的黑琅不客氣地教訓，「你幹嘛不說是殺鳥夜啊？不是更有氣氛嗎？」

「沒、沒有氣氛……」毛絨絨可憐兮兮地摀著被肉球拍上的臉頰，泫然欲泣地說，「一點也沒有的……為什麼老是要針對我們鳥？鳥明明就很可愛！」

「那也沒朕可愛。」黑琅高傲冷漠地揚高腦袋。

「乖啊大毛，醜貓還是少作怪。」毛茅撓撓黑琅的下巴，一盆冷水殘酷地潑下去，「也別再跟毛絨絨爭了。別忘記今晚的重點，要我重複一次嗎？我們的重點是什麼？」

是打工賺錢！

還有爲了牛排！

毛絨絨和黑琅立刻忘記先前爭論的話題，他們用力握拳，眼裡燃起熊熊火焰。

毛茅咧嘴一笑，很滿意兩名小夥伴迅速進入狀態。他抽出手機，點開之前設定好的地圖。

另外兩顆腦袋連忙也湊近。

「毛茅，這是我們現在的位置嗎？」毛絨絨手指著像是顛倒過來的水滴符號說，「那接下來我們要往哪邊走呀？你打工的地方究竟是哪裡？」

自從被毛茅收留之後，這還是毛絨絨第一次接觸到對方口中曾提過的「打工」，他對這趟行程好奇又期待。

這份心情經過一整天的發酵，幾乎膨脹成了圓球。

「我想想喔……」毛茅歪著腦袋思索一會，目光瞥視到黑琅垂落的尾巴尖方向。他眼睛一亮，果斷地一彈指，「就是那邊！大毛你別動，在我說好之前不准動！」

「好吧、好吧，隨便你……反正肯定是要多欣賞朕的美貌的。」黑琅故作矜持地說。

毛絨絨震驚地看著毛茅比了下黑琅尾巴對著的方向，再從地圖上找出詳細的路徑分布。

「就決定走這條路了。」毛茅愉快地在手機上一劃，一道紅線跟著他劃過的痕跡浮現在地圖上，「黑森路……聽起來挺有氣氛呢。」

毛絨絨這下可以確定，毛茅根本就是胡亂選路的！

到底是什麼打工？可以這麼隨隨便便？

在毛絨絨的疑問像充氣過頭的氣球爆炸之前，紫髮男孩忽地戳按了手腕上金環一下。

僅僅一眨眼，那身穿在男孩身上的輕便服裝竟然轉變成截然不同的形態。

貓耳帽、金邊護目鏡，還有以暗紅色爲基本色調，綴著齒輪和鐘錶元素裝飾的服裝。

「毛茅，你……你這是……」毛絨絨吃驚地指著一鍵換裝完畢的紫髮男孩，「這不是你們除魔社的社服嗎？」

「對啊。」毛茅爽朗地回答。

「但現在又不是你們的社團實習時間……」毛絨絨靈光一閃，「難道說，你的打工就是刷地板？」

「你這隻鳥果然是個傻的。」黑琅用關愛智障般的眼神注視著毛絨絨，「毛茅的打工可是在加入社團之前就開始在做了。」

毛絨絨被弄糊塗了，「可是……毛茅是爲了看見黴斑，才要戴上那副護目鏡的吧？那那那他之前……」

「什麼那啊這的？」黑琅不耐煩地打斷話。他靈活邁腿一跳，重新爬上毛茅的肩頭，「那麼簡單的事情也要花腦筋想嗎？他之前是看不見黴斑，沒辦法更快地鎖定目標，現在有道具了，幹嘛不利用？」

毛絨絨花了好幾秒，才總算釐清黑琅說的一番話。

毛茅在加入除魔社前，就在打工了。

如果戴上除魔社特製的護目鏡，毛茅的打工會更順利，更快鎖定目標。

透過護目鏡能夠看到的東西，不就是……黴……斑……

霎時間，毛絨絨倒抽了一口氣。他不敢置信地瞪著一派悠閒的紫髮男孩和甩著尾巴的大胖黑貓，終於將前因後果全部拼湊一起。

毛茅說的打工……竟然就是打污穢!?

「可是你之前……你在青蘿公園……」毛絨絨努力想要表達自己眞正的疑問，過多的想法堵在喉頭，最後終於化成一聲用力的大叫，「你之前不是第一次接觸到除穢者和那些黴菌斑的嗎？」

黑琅受不了地吐出一口氣，鄙視的目光刺向喘著氣的毛絨絨，「大腦是個好東西，每隻鳥也該有……你眞的是蠢到讓朕看不下去了。」

「大毛，你再這樣賣關子，毛絨絨只會越來越糊塗的。」毛茅拍了拍那顆黑漆漆的貓頭，

「簡單來講，就是在我加入除魔社之前，我的確是不知道那些醜不拉嘰的東西就叫污穢。我覺得你大概還想問，爲什麼我會知道怎麼打污穢？」

毛茅咧嘴一笑，青稚的笑容裡保留著一抹狡獪。

「當然是有人教啦。雖然他當初也沒給我說明太多，只教我打贏，然後拿結晶去換錢就好了。至於是誰教的，應該不用再多解釋了吧？」

那雙澄亮的金眸幾乎明晃晃地寫著：不要逼我懷疑你的智商呀。

「你的養父！」毛絨絨反射性脫口說道，同時慶幸自己的智商還在標準線上。

他猶記得伊聲那夜曾提過的，毛茅的養父是個優秀得近乎傳奇的除穢者，只不過爲了養孩子才退出這圈子。

想到這裡，毛絨絨終於弄清楚所有的來龍去脈，「所以，你的打工……其實就是打污穢？只是你以前不曉得它們的正確名稱？」

換句話說。

「啊！毛茅你違反社規！」

除魔社的社規第一條，實習生嚴禁獨自面對污穢，必須第一時間聯繫社團幹部或其他的除穢者。

「噓，社團的人不知道就不算違反了。」毛茅豎起食指，朝毛絨絨眨下眼睛。

「好像……也挺有道理的？」毛絨絨一愣一愣地說，輕易地就被說服了。

「不是好像，是非常有道理呢。既然都沒問題了，那麼……」解決完小夥伴疑問的毛茅拉拉手臂，活動一下筋骨，接著拉下掛在帽簷邊的護目鏡，鏡片後的金眼睛就像兩盞熠亮的小燈泡，「就上工吧！」

毛絨絨還沒回過神來，紫髮男孩已一馬當先地往前衝。發現自己轉眼間就被丟在後方，他慌張地跳起來，兩條細細的腳急切地邁了出去。

「嚶，等等我啦！毛茅！」毛絨絨語帶泣音地追著前方的一人一貓跑。

那軟綿綿的話語不消一會就被風吹散。

在黑夜和陰影的遮蔽下，打扮華麗的毛茅靈活地閃躲過了路上遇到的稀疏行人或車輛。他的肩上蹲著黑琅，身邊是跟得緊緊的毛絨絨。

這樣奇特的小隊，正在搜尋污穢可能出沒的地方。

換作是來到榴岩市、成爲除魔社一員之前，毛茅都是靠著手遊占卜和黑琅的判斷，來找出當時他並不知道眞正名稱的怪物。

而現在，有了可以看見黴斑的護目鏡，他就能利用這點來快速鎖定目標。

可惜就算有了道具加持，毛茅今晚的運氣似乎還是不夠好。

當然換個方面來看，也能說黑森路維持得相當「乾淨」——這方土地顯然沒有累積過多負能量產生廢棄物。

一路跑來，毛茅都沒有瞧見黴斑的痕跡。但他也不覺喪氣，他相信手遊占卜絕對不會讓他失望。

ＳＳＲ卡的威力可不是蓋的啊！

彷彿在呼應毛茅心中的想法，佔據他肩頭的黑琅驀地瞇細金瞳，大叫一聲。

「毛茅，在那邊！」

毛茅果斷按下手環上的晶石，「回收場，開啓！」

大把光絲瞬間飛向四面八方，交錯編織成網格，將這處區域籠罩其下。與此同時，眾多色彩飛快褪去，最後形成了一個只有紅與綠的詭異世界。

「這比之前的都還要誇張……」毛茅咂下舌，腳步不停，「紅配綠……這配色實在太傷眼睛了。」

「我的審美細胞說它要死了！」毛絨絨痛苦地摀住眼睛，「眼睛好痛啊……啊！」

最末一聲叫喊是毛絨絨沒看路，結果迎面撞上了前方的紅色電線桿。他疼得吸氣，淚水迅速盈滿眼眶。

正當他轉頭想向毛茅尋求安慰，赫然發現對方和黑琅亦停下腳步。

兩雙金黝的眼瞳不約而同地緊緊盯住前方路面的某一點。

毛絨絨摀著鼻子的手連忙改移向嘴巴，他貓步地往毛茅他們挪近，一顆心七上八下。

月亮不知不覺從雲層後探出頭。

淡綠色的月光傾瀉一地。

有大片黑影投映在地上，並且持續向前移動、再移動……就好似那影子是種怪異的活物。

不過很快地，影子的本體出現了。

赫然是一隻巨大的魚在夜空下游著。

大魚前半身從建築物後方繞出來，探出大半的月亮將它充滿視覺衝擊性的外表映照得越發清晰。

它身上遍布紅黑條紋，兩側的長長魚鰭有如扇子張開，末端隨著前行而舞動，令人想到一條條觸手。

蒼白的火焰在空洞的眼眶裡燃燒，彷彿兩盞亮白的燈籠。

忽視它大得超乎常理的體型，單從那自建築物後探出的半邊身軀來看，那分明就像是一隻獅子魚。

毛絨絨用力摀著嘴，以免來到喉嚨的大叫衝出嘴巴，一雙水藍色眼睛張得又圓又大。

不只是毛絨絨，包括毛茅和黑琅也瞪大了他們的金耀眸子，劇烈的情緒在一人一貓的眼底閃動。

如果毛絨絨這時候有轉過頭注意他們的話，就會發現那強烈的情緒與其說是像受到驚嚇，倒不如說更像是……

「喵喵喵!是魚啊！」黑琅激動吶喊，連平常不屑喊的喵聲都嚷了出來。

「還是獅子魚啊！」毛茅的興奮和黑琅不相上下，他握緊拳頭揮舞，「獅子魚聽說超好吃的，美味程度就跟河豚差不多！」

「咦?啊?欸?」毛絨絨被一人一貓的反應弄懵了，他傻愣愣地回過頭，看著兩張神采奕奕的臉孔。

「毛絨絨，你喜歡魚排嗎?」毛茅十指交握，兩隻手臂向前伸展。

「啊，喜歡。」毛絨絨反射性回答。

「那炸魚、蒸魚、烤魚呢?」毛茅又問。

「都喜歡！」毛絨絨無意識地吸溜一下口水，感覺口腔內的唾液變多了。

「太好了，我也都喜歡呢。」毛茅露出開心的笑靨，青稚的眉眼就像籠著明亮的光采。

「吃吃吃，都吃！」黑琅心急地催促。

只不過當獅子魚的全部形體展現出來，點燃在兩雙金燦眼珠內的熱切光芒，霎時熄得一乾二淨，只剩下滿滿的冷漠。

與前半的華麗相反，獅子魚的後半段雖說也是紅黑條紋覆蓋，卻是鱗片外翻，露出腐爛的血肉，時不時還滴墜下濃黑的不明液體。

「嘖。」

「啐。」

一人一貓發出了嫌棄的音節，兩張臉上的表情如出一轍——

一言以蔽之，還是——

嫌棄。

「太噁心了。」毛茅撇撇嘴，「一看就令人倒盡胃口，誰愛吃就去吃吧。」

「這種醜魚送朕朕都不想要，醜得根本天怒人怨。」黑琅嘴巴更毒，「它長那麼難看，怎麼還有勇氣跑到外面丟人現眼？」

毛絨絨依然搗著嘴，藍眼睛緊張地看看形如獅子魚的怪物，又看看毒舌的大胖黑貓。

都說污穢有一定程度的智商了，毛茅和陛下這麼正大光明地說魚壞話……

這個念頭剛閃過毛絨絨心底，他就目睹污穢那兩簇存於眼眶中的白色火焰霍地漲大火勢，燃燒得更加猛烈。

下一剎那，活像是變異獅子魚的怪物張開它布滿細密尖牙的大嘴，兩側嘴角竟直裂到至尾部的地方，可以看見它體內赫然還塞著多顆頭顱。它們都在張大嘴，尖銳得像指甲重重刮過黑板的高嘯衝湧出來，黑紅條紋的扇鰭同時間猛地朝前大力搧動。

無數漆黑水流就像利箭射出，迅雷不及掩耳地齊齊飛向了膽敢批評它外貌的無禮存在。

「啊啊啊啊！它眞的好醜啊！」毛絨絨被嚇得飆出眼淚，尖叫跟著衝出喉嚨，一雙猶如結晶鑄成的翅膀「唰」地張開。他想也不想便抓住毛茅和黑琅，振翅拚命往前飛，說什麼都不想和那隻難看到令他無法忍受的怪物近距離接觸。

毛茅可沒想到毛絨絨居然會帶著他和黑琅轉頭就逃。

逃了，他就打不了工，賺不到錢了。

這個等式快速在毛茅腦海中成立，他立即揚聲吶喊：

「大毛！」

少年尙未經歷變聲期的嗓音清亮得像能割斷一切。

說時遲、那時快，被毛絨絨緊抱在左邊臂彎中的胖黑貓眨眼散化成一團煙霧。

發覺手臂一空的毛絨絨大吃一驚，連帶右手力道也下意識一鬆。

抓緊機會，毛茅迅速掙脫。

那抹個頭嬌小的人影一落地，黑霧同時在他張開的掌心中凝結成形。

握緊純黑長鞭，毛茅站起身，嘴角勾出張揚的笑容。

「毛絨絨，你覺得我把沒爛掉的那截削了留下來，最後再弄碎那隻魚的核心……這樣我們有魚可以吃的機率有多高？」

吃……吃什麼魚？毛絨絨起初沒反應過來。等到他見到紫髮男孩提著長鞭，身如疾風地掠閃出去，無所畏懼地迎上了那隻舞動著扇鰭的污穢，他驚悚地倒吸一口長氣，總算明白對方想吃的……

是那隻爛掉一半的怪物！

「等等！不要啊，毛茅！那不是魚，是污穢！吃了肯定要拉肚子！求求你清醒點啊——」

毛絨絨聲嘶力竭地高喊，但他的悲鳴阻止不了一個吃貨的腳步。

通體漆黑的長鞭俐落揮甩，像被注入生命一樣，轉眼便像一隻凶猛的黑蛇絞碎了污穢前半段的多塊扇狀魚鰭，甚至將連接著鰭根的部分血肉也一併撕扯下來。

尖利的疼痛讓污穢憤怒地咆哮，剩下的扇鰭鑽冒出無數更細小的利刺，更多漆黑水流和水泡環繞在四周。

然後一口氣朝毛茅所在的方向展開轟炸。

面對鋪天蓋地而來的水流和水泡，毛茅迅捷縱跳穿梭，靈活地閃過一波波攻擊。

任憑水花四濺的聲響在後方接二連三炸裂開來，毛茅腳下猝然施力，身子頓時像支箭矢衝高——

高高躍入一片暗紅的天幕底下。

光滑的鞭身霎時冒出成排有若羽毛的金色利刺，它們就像最鋒銳的鐮刀，伴隨著主人流暢的運用，毫不留情地將污穢的側身切割得血肉橫飛。

暗紅色的血液連同著碎肉，像雨水嘩啦嘩啦般墜在相近色澤的地面上。

毛茅手上力道驟然再加重。

光羽陷沒得更深，在柔軟的筋肉裡飛速遊走，彷彿要從污穢骨頭上剝離下一大片肉。

毛絨絨開始意識到，毛茅之前說的很可能不是玩笑。

他是眞的想吃這隻活像是獅子魚的污穢！

污穢似乎也感受到紫髮男孩驚人的食欲之心，眼洞裡的蒼白火焰瘋狂搖曳，體腔內多顆頭顱不斷地尖聲喊叫。

旋即這隻巨大怪物猛然向後退，僅存一邊的扇鰭急促顫動，背上的鰭棘收縮，彷彿要準備蓄力施展大招。

「毛茅小心！」毛絨絨抓著手機焦急地嚷，「我剛搜過了，獅子魚後退其實是準備進攻！它隨時會噴出毒液的！」

毛茅反射性抽回鞭子疾退，和污穢拉開距離。

可無論是誰都沒想到，污穢的這一退……

居然還眞的扭頭就逃了！

「……咦!?」毛絨絨捧著手機不敢置信地大叫，「千機百科明明是那麼說的啊！」

眼看污穢就要從回收場內脫逃出去，毛茅金眸掠過厲色，帶著光羽的長鞭在他手中瞬時改變材質，有如一把漆黑的標槍。

只要再幾秒鐘，那把黑槍就能脫出他的手指，命中即將逃離的大魚。

沒想到就在這一剎那間——

炫白色的熾亮光束就像撕裂夜色的流星，飛快自空中俯衝而下。

不對，流星不只一束。

一、二、三、四、五、六。

六束白光挾帶磅礴之勢，迅雷不及掩耳地貫穿那隻如變異獅子魚的污穢，猛烈的力道甚至將巨大的身軀狠狠往下扯拽。

「砰」的一聲重響，污穢摔跌在暗紅地面上，激起一陣顫動。

稠紅的血液頓時「噗啦」地從本就綻裂的傷口內大量湧溢出來，幾乎逼至毛絨絨鞋尖前，嚇得他連忙退了數步。

而在如此近的距離下，毛絨絨清晰看見了「流星」的完整面貌。

那赫然是六把鋒利的長刀。

銀亮的刀身折閃著冰冷的光芒，直挺挺沒入地面，固定住污穢鰭邊肉的位置，使它無法輕易掙脫。

就在這當下，有道高挑身影正一步步走過來。

喀噠喀噠，鞋跟敲擊柏油路面的聲響越漸放大。

在僅有紅與綠的詭譎世界中，黑髮少女的存在宛若是此地最爲奪目耀眼的一抹色彩。

她的面容雪白昳麗，眼珠漆黑，嘴唇嫣紅，一頭深墨的長直髮垂散至腰間，柔順的光澤好似最高級的綢緞。髮絲隨著她的前行輕輕晃曳。

她的美貌如此凜冽、冷淡，幾乎能奪去目睹之人的呼吸。

倘若用花來形容，那必定也是一朵盛開至極的刃之花，只要膽敢有人試圖靠近，就會被鋒銳的邊緣狠狠割傷。

下一秒，刺穿污穢的六把長刀驟然飛起，脫離那不斷滲出濃稠黑液的血肉。

污穢以爲自己能夠趁機逃逸，但這個想法僅僅剛成形，就被徹底地打碎。

六把刀聚合在一起，森冷刀尖鎖定住污穢的前額，立即便沒入覆著紅黑條紋的表皮底下，一舉將污穢核心刺擊得粉碎。

形如獅子魚的怪物立時失去所有動靜，維持著欲逃的姿勢僵直不動，猶如時間被暫停了。

接著——

污穢散逸成無數晶亮砂子，嘩啦嘩啦灑下，在紅綠世界中像沖下了一道閃耀瀑布，卻又在即將觸及地面之際，消失無蹤。

最後留下來的，唯有數枚好似用水晶雕成的花葉晶體，以及那猶然懸浮在空中的六把長刀。

六把刀圍併成一個圈，乍看下就像是一朵盛綻的鋒利之花。

毛絨絨呆呆地望著這一切，這意想不到的局面使得他有些不知所措。當他注意到毛茅快步跑來，他趕緊拉住對方的衣角。

「毛茅、毛茅，她……她是……」

「搶怪的。」一道陰惻惻的聲音冷不丁地說。

毛茅手上長鞭消失，體重一看就過重的大黑貓蹲踞在他腳邊。

「還用得著問嗎？沒怪了、沒錢了。」黑琅陰森森地瞪著面向他們的黑髮少女。

少女的衣著簡單隨性，可遮掩不了天生過人的美貌。她拎著一個便利商店的購物袋，似乎剛買完東西準備回家。墨色的眼珠毫無波動地掃過眼前的兩人一貓，最後定格在毛茅身上。

「毛茅，她是誰？你認識嗎？」毛絨絨小小聲問道：「我們今天的打工是算失敗了嗎？」

「白痴，還問！」黑琅沒好氣地罵道，接著三兩下跳上了毛茅的肩膀。

毛茅很想說沒失敗，可是赤裸裸的現實就攤在他眼前。

他依依不捨地看著那些等同於白花花鈔票的結晶，感到手癢般地捏了捏拳頭，卻終究沒有往前踏出腳步。

怪不是他打死的，結晶自然也就不是他的。

毛茅默默嘆口氣，爲飛走的牛排大餐傷感了幾秒鐘。

「毛茅。」毛絨絨又拉扯了下毛茅的衣角，等待著解答。

「答案是，是的，還是是的。」毛茅惆悵地說，「還是修正一下好了，頂多算知道，不算認識。」

畢竟幾乎沒和對方交流過，可不能算認識。

但毛茅確實知道她是誰。

與自己同一個社團的總務候補，林靜靜她們口中出現多次的「大小姐」——高甜。

無視那些在月夜下宛若寶石般亮晶晶的花與葉，黑長髮少女面色無波地又往前走了幾步，再次縮短與毛茅之間的距離。

毛絨絨被那與生俱來的冷冽氣勢懾住，他扯著毛茅衣角，偷偷把人往後拉了一步，再一步，又一步。

高甜沒揭穿這個小動作，只是默不作聲地繼續盯著人看，一百七十七公分的身高讓她得以輕易地俯視紫髮男孩。

她眼珠子瞬也不瞬地盯視著人，漆黑的瞳孔宛如漩渦一樣，格外奪魂攝魄。

毛茅下意識屏住呼吸，感覺心臟被重重一擊，目光無論如何都無法離開……

從美少女手上袋子露出的松茸口味洋芋片。

天啊天啊，是便利商店超限量的松茸口味啊！

毛茅覺得自己要喘不過氣了。

好想吃，怎麼辦？

「毛茅？喂，毛茅，清醒點。」

一個柔軟有彈性的肉墊冷不防拍上毛茅的臉，黑琅一看那雙金眼睛的視線方向，就猜出個七、八分眞相了。他不滿地再用肉球連拍對方好幾下，要人趕緊回神，不要被區區的洋芋片給勾走全部心思。

「啊，抱歉，不小心看出神了。」毛茅撓撓臉頰，露出不好意思的笑。

早就習慣被他人注目的高甜面無表情，一雙黑眸裡毫無波動，就像冬日的霜雪，散發著凜凜寒氣。

接著，那名像刃之花的美麗少女開口，就連嗓音也相當完美。

除了吐出的字句彷彿抹了一層刺人的辛辣。

松茸口味
?

「誰准你還沒翅膀就想飛的？你有帶腦子在身上嗎？你以爲你面對的是什麼？惹人憐愛的家養小寵物？」

「呃，毛茅是眞的沒翅……」試圖替毛茅辯解的毛絨絨還沒說完話，就被人一腳踩住腳趾。他「嗚」了一聲，剩下的句子登時滑回肚子裡。

高甜只分了給人軟綿印象的白髮少年一眼，就將目光釘回紫髮男孩身上。

「除魔社的第一條社規是什麼？」她冷冰冰地說，「穿著社服就做點符合社團的事，你一株發育不良的小豆苗，是打算直接給污穢當點心吃嗎？」

黑琅已經不爽地朝高甜擺出準備攻擊的姿勢，要不是毛茅的一隻手緊按著他的頭，他肯定會送給那名雌性人類一爪子的。

不，一爪子不夠，肯定要好幾爪……就直接一套貓貓拳好了！

毛茅明智地沒有反問「妳認識我？」，自己身上就是除魔社的社服，加上高甜又是社團的總務候補，其他學長姊估計有向她提過自己。

「問你話不會回答嗎？啞巴嗎？」就算高甜吐出的是尖刺滿滿的字句，但她的嗓音不帶起伏，有如結冰的湖面，連圈漣漪也沒有，「社規第一條，實習生不准獨自面對污穢，這句話你有哪裡聽不懂的？」

「沒有聽不懂的！」毛茅挺直背，精神抖擻地回道。鄭重的態度，彷彿站在他面前的是學校師長，「這次是我擅自行動了，真的很抱歉！」

黑琅眉頭一皺，一張黑臉更顯凶惡。他不知道自家鏟屎官幹嘛那麼退讓，不過就是一個黑頭髮、黑眼睛的人類。要比黑漆漆的，會有他黑嗎？

「還懂得自己做錯，起碼證明你有帶腦子在身上。」高甜語氣依然冷冷淡淡，「我還是會把這件事上報給社長。不要以爲自己帶著一隻會變過重黑貓的契靈，就能一個人不怕死地打污穢了。」

「他喵的！妳說誰過重！」黑琅勃然大怒，「朕明明是體態輕盈、穠纖合度！」

「陛下，別說這種誰都不相信的話啦。」毛絨絨細聲細氣地說，「這種話太昧著良心……嗚！」

黑琅快狠準地賞給大逆不道的毛絨絨一個貓爪爪，再回頭繼續擺出「朕超凶」的表情，怒瞪出言不遜的高甜。

得知除魔社有個一年級新生擁有能變成活物的契靈後，對於那隻契靈居然還會口吐人言，高甜並不覺得太驚訝。

「結晶你留著，明天上學自己繳交給社團。」高甜又說，「我不知道那裡有幾顆，也不想去數，你只要記得交上去就是了。」

毛茅表情微怔，緊接著他露出又甜又乖巧的笑容，手指併攏，擺出一個敬禮的姿勢，「沒問題的！」

高甜冷酷無情地哼了一聲，頭也不回地大步離開。

「毛茅，你在搞什麼鬼？」一等高甜走遠，黑琅馬上不爽地猛力拍打毛茅的手臂，「朕的鏟屎官豈能對別人示弱？朕不敢相信你居然還向她道歉！」

毛茅輕描淡寫地說，「道歉歸道歉，我也沒保證下次不幹啊。不打工的話，我怎麼賺錢養家？」

毛絨絨恍然大悟。他了解了，這就是所謂的──積極認錯、死不改過！

「你還一副感謝她的樣子，你怎麼就從不感謝朕？」黑琅就是要斤斤計較。

「等哪天大毛你能爲我日賺百萬，我肯定感激得不行。」毛茅揉了一把黑琅的腦袋，嘴裡哼著走調的歌，愉快地上前將那些花葉結晶全部收起，「我當然要感謝高甜啊。她都說她沒去數結晶有多少顆了，還要我交上去，而不是自己把結晶都拿走。所以說，這很明顯呀。」

黑琅聽出玄機了。

那個雌性人類分明就是在暗示他的鏟屎官可以私自留下一些結晶。

「這樣也不算沒工錢了。」毛茅感嘆地說，「高甜人眞不錯呢。」

能被毛茅誇獎的人，肯定特別不錯，要多看幾眼才行。

抱持著這個想法，毛絨絨目送那抹隨著距離拉遠漸漸縮小的凜然背影，手掩著嘴，眼含羨慕地說：

「好有氣勢啊……」

毛茅像是贊同地跟著點點頭，目光似乎難以從高甜的背影拔離。末了，他大大地嘆了一口氣。

眞是太可惜了。

他怎麼就沒有及時問出口，那包松茸洋芋片究竟能不能賣給他啊！

第三章

中午鐘聲響起，一年五班的學生馬上蠢蠢欲動起來，心急地等著講台上的老師宣布下課。又多等了幾分鐘，他們才終於等到那宛如天籟的一句話。

「今天的課就上到這裡爲止，下課吧。」

學生們馬上像是獲得解放的兔子，迅雷不及掩耳地蹦竄出了教室外。

有的前往福利社，有的是想利用這一小時的時間到校外買東西，或直接在外頭解決。

嫌離校太麻煩，毛茅仗著自己體型瘦小、身手靈敏，輕而易舉地就從福利社凱旋歸來。

今日的戰利品是兩個蔥花肉鬆麵包加一瓶牛奶。

沒有再繞回教室，毛茅的目的地是社團大樓。

得知除魔社隨時都開著空調後，毛茅當然是果斷地選擇了舒適的環境來享用中餐。

不過，今天還有一個更特殊的理由。

除魔社的LINE群組發來通知，要社員們中午十二點半到會議室集合；來不及吃完飯的，可以把午餐帶過來。

毛茅拿出專用門卡，在瀟灑寫著「除魔社」三字的大門前一刷，門扇自動滑退，打開了直通五樓的廊道。

獨佔一層樓的除魔社被一片安靜籠罩，和底下的人聲形成了強烈的對比。

很顯然地，其他社員應該尚未到達。

現在才十二點剛過而已。

毛茅本來以為會議室內空無一人，可當他走至門前，卻發現居然有人先到了。

擁有一頭過腰黑長髮的美麗少女筆挺地端坐在椅子上，面前則擺了兩個便當，一個還未打開，一個正被她享用。

黑髮少女目不斜視，視線專注地黏在紙盒裡的飯菜上，彷彿沒有任何事能夠讓她分心，中斷她的用餐。

她的吃相優雅快速，單單這個畫面，也美得有如一幅藝術品。

毛茅踏出的腳步頓了一下，他沒想到昨夜碰上的高甜會比自己還早過來。

他不確定對方有沒有留意到自己的存在，所以他舉起手，當作提醒似地敲了敲門。

高甜吃飯的動作微頓，漆黑的雙眼朝門口方向一瞥視，隨後那道冷淡的目光就收了回來。

看起來，這名黑髮少女完全沒有打算要搭理人。

毛茅也不在意，自己找了個位子坐下，和時下年輕人一樣，一邊吃東西一邊刷手機，看看臉書上有什麼有趣新奇的事。

這邊毛茅還在啃著蔥花肉鬆麵包，眉眼因食物而幸福地放鬆。另一邊的高甜已經解決完兩個便當，她一聲不吭地走到外頭，將紙盒沖洗乾淨再回收。

等到她再次回到會議室，毛茅也吃完他的中餐，換抱著一袋洋芋片，津津有味地咬著，歡快地發出「卡嚓卡嚓」的響亮聲響。

見到高甜回來，毛茅露出可愛的笑容，將手上拆封的餅乾往前一遞。

「吃洋芋片嗎？」

他相信沒有什麼比洋芋片更適合搭起友誼的橋梁，假如對方拒絕讓橋伸向她那方的話……

嗯，那洋芋片就自己通通吃掉，還不會浪費。

高甜顯然沒有要搭起友誼之橋的意思，她不但無視了毛茅遞出的洋芋片，還走到自己帶來的背包前，從裡面拿出了另一包更大、更吸引人目光的洋芋片。

毛茅倒吸一口氣。

臥槽！是他念念不忘的松茸口味便利商店限定版啊！

可光憑高甜連眼角餘光都沒分過來的情形看，擺明就是不打算實行「見者有份」這件事。

毛茅摀著胸口，這瞬間深深地感受到——

嫉妒使他心靈醜陋。

使他快要控制不住衝動！

可惡，他好想衝上去搶吃一口……不，還是兩口，等等，還是再多一點好了！

毛茅腦中像是有兩個小人在打架。一個堅持要有自尊，一個堅持自己從不做有自尊的事。他們打得乒乒乓乓，讓他的腦袋瓜子似乎都開始疼了。

就在兩個小人即將打出一個結果，會議室內突地沒了吃洋芋片的卡嚓聲。

毛茅猛然抬起頭，震驚地發現高甜竟然全吃光了，正將包裝袋「啪啦啪啦」地摺起來，然後丟到垃圾桶去。

毛茅只想學腦中的兩個小人一起趴在地上痛哭流涕。

再見了，他的松茸洋芋片……

消沉了大約三十秒的時間，毛茅才將埋進桌面的頭撐起來。他揉揉臉，讓肌肉放鬆一點，千萬別被高甜發覺到自己曾經想對她的洋芋片圖謀不軌。

到了約好的十二點半，除魔社的其他成員陸續到來。

毛茅抱著撫慰他受創心靈的零食，見到一抹人影出現，就咬下一口手中的洋芋片。時衛社長。

卡嚓！

木花梨學姊。

卡嚓！

然後是第三個人邁步走進，毛茅以爲會是自己的直屬。

但異於灰髮的一頭深藍髮辮，讓他一時忘記咬下洋芋片。

走進來的不是白烏亞，而是打扮總讓人誤會是醫生的澤蘭，榴華高中的校長，同時也是除魔社的指導老師。

毛茅一瞧見那名看不出眞實年齡的美男子，就下意識想要往後退一點。一來他曾被對方像拎小雞崽似地走過了大半個校園；二來是對方至今還很積極地邀請他前往實驗室參觀。

毛茅猜對方可能更希望他順便做個實驗品，爲科學奉獻一下。

澤蘭之後，進來的是時衛，他一踏入會議室，先是向高甜微點了點頭，便直接走向他的專屬座位——凡是除魔社內最爲舒適華麗的椅子，都等於貼了「時衛所有」的標籤。

除了實驗室以外。

時衛對那地方連一丁點踏入的欲望都沒有。

金髮青年調整了個對自己而言最舒服的坐姿，慵懶將背往後靠，妖冶的桃紅色眼眸微瞇。

身爲社長，他自然發現到副社長的缺席。

「花梨，烏鴉沒跟妳一塊過來？」

「烏鴉說身體有點不舒服，所以早上就請假了。」和白烏亞同班的木花梨解釋道。

「怪不得我會收到烏鴉學長的訊息。」毛茅拿起自己的手機晃了下，「他還要我乖乖的，我不是一向都很乖嗎？」

毛茅沒說的是，白烏亞還特地在訊息裡提醒他，這幾天到社團去，討論的話題非常有可能就是關於他和那隻能夠變成契靈的黑貓。

對此，毛茅並不感到意外。

黑琅那一夜在其他人面前變化成了武器，他就做好面對追問的心理準備。只是他沒想到，時衛他們會到現在才準備要提起。

換作一般人，不都是馬上問出個眞相嗎？

毛茅無意識地舔舔沾在指尖上的洋芋片粉末，很快在心裡自問自答出個答案。

嗯，大概是社長不能算是一般人吧。畢竟哪個一般人會因爲制服太難看，二話不說地自掏腰包，把全國除污社的社服一口氣換了？

「伊老師也還沒來。」木花梨朝門口望了望，另一位社團指導老師至今尙未現身。

「她不會來的。」澤蘭輕描淡寫地說，「你們伊老師說這個時間點過來的話，她覺得特別容易餓。」

想到伊聲臉盲症的毛病，再想到她臉盲到把所有人都當成了包子、饅頭、蛋糕等食物，眾人登時深深感到理解。

「一、二、三、四……」澤蘭點了人數，「白烏亞同學請假，時衛，剩下的幾個人呢？」

「兩個請了三天假。本來要來的黑梟傳訊說中午的占卜是大凶，所以她拒絕參加一切必須離開教室的活動。」時衛看著手機上的回訊說。

「黑梟是？」毛茅小小聲地問。

「是二年級的學妹。」木花梨也小小聲地回答，「她比較少出現，另外兩位請假的也是二年級的……毛茅，你和高甜認識了嗎？雖然她不太愛說話，但人很好的。」

回想起那夜高甜一開口，就是宛若冰風暴席捲而來的強烈風格，毛茅合理懷疑對方平時不愛說話的原因，可能就出在這。

再一想到高甜那夜還偷偷給他放了水，讓他能污幾顆結晶起來，毛茅不禁深切贊同木花梨的看法。

「嗯，她人挺好的。」毛茅笑咪咪地說，「我們姑且……算認識了。」

「太好了。」木花梨鬆口氣，也跟著笑彎一雙美眸。她本來還擔心兩個一年級學弟妹之間會不會處不來，現在看來是她想多了。

他們兩人說的是悄悄話，但沒逃過當事人的耳朵。

高甜淡淡瞥來一眼，卻也沒否定毛茅的說法。

見過面、說過話，四捨五入的確也算得上是認識了。

「好了，大家也不用太嚴肅。」澤蘭來到主位前，敲了敲桌面，平滑的面板立刻打開一道缺口，將存置在裡頭的筆電推出，「放輕鬆一點……不過也不要學時衛，那是放鬆過頭了。」

被點名的金髮青年自顧自地沖泡完咖啡，還從櫃子裡翻出焦糖脆餅當作小點心，然後才回到位上，打開了手機遊戲的頁面，戴起一邊的耳機。

時衛左耳還空著，他聽見了澤蘭的點評。對此，只是倨傲地揚揚眉毛。

「我會好好做記錄的，澤老師不用擔心。」木花梨認眞地舉著手。

「我們先來說說小紅帽的事吧。」澤蘭放下投影用的布幕，讓筆電上的畫面顯示在上頭。

一張畫風稱得上詭異的簡筆畫躍入眾人眼中。

簡單來說，就像是一個火柴棒人，頭頂還畫了個塗成紅色的三角形。旁邊拉了箭頭，標明這是人形污穢小紅帽。

「這畫風……」毛茅歎爲觀止，「太有個性了。」

「謝謝你的誇獎。」澤蘭當仁不讓地接受讚美，他溫和地說，「令人遺憾的是……你們當初送來的布娃娃，無故化成灰燼了，甚至來不及拍照記錄。於是只能先照你們提供的特徵，畫了這麼一個代替。」

「事實上，我覺得可以由我或木學姊，去找看看有沒有長得類似的布娃娃來代替。」毛茅眞誠地給予建議。

對自己畫技很自信的澤蘭無視了這個意見，「我很想說協會有了突破性的發現，可惜沒有。目前小紅帽仍是僅知的唯一人形污穢，生成原因未明，和污穢的最大差別……她吃契魂，也吃人血肉。倘若再碰上像這樣的第二隻人形污穢，先死命地跑吧。」

沉穩的墨玉眼瞳環視幾名年輕學生一眼，澤蘭悠悠然地敲了敲桌面，微微一笑。

「畢竟挖了契魂還能活，可被吃掉的話，那就眞的沒命了。」

下一秒，澤蘭話鋒一轉。

「特別是你，毛茅，你務必記得要小心保護好自己才行。有什麼危險的話，就推給時衛吧，讓社長當擋箭牌就好。」

「我？」毛茅不解地比著自己，不懂爲什麼會成爲被點名的那位。

「你是社團裡唯一的未熟隱性，對我來說當然格外重要。」澤蘭諄諄教導著，關切的口吻宛如是在爲自己的小輩擔憂，「萬一斷手斷腳的話，我會感到非常、非常難過的。」

面對那彷彿標榜著愛與溫暖的話語，毛茅微笑以對，然後果決地將椅子往後挪，儘可能地與那位藍髮美男子拉開距離。

「難過實驗品不完整嗎？」時衛以指關節輕叩桌面，桃紅雙眼微瞇，底下的淚痣爲他這個表情增添獨特的魅力，「澤老師，你要是想再對我們社團裡的隱性小不點圖謀不軌，就別怪我抽經費了。」

毛茅清楚聽見藍髮美男子不甘願地「嘖」了一聲。

「花梨，爲什麼我不能掛『禁止澤蘭與醜人靠近』的牌子？」時衛側過臉，對著木花梨抱怨，絲毫不在意抱怨對象就在現場。

木花梨苦惱地笑笑，「社長……你就不要大白天的作夢了哪。」

從頭到尾，高甜就像遠離風暴地端坐在自己的位子上，坐得又直又挺，連坐姿都令人想到一朵美麗的花。

「再來是要跟你們聊聊仿生契靈。」澤蘭語氣輕鬆，彷彿這只是普通聊天，「我指的是現在除穢者基本不知道的舊版仿生契靈，也就是最終目標是成爲生物、名符其實的『仿生』。」

高甜、時衛，以及木花梨不約而同地把目光集中在現場的紫髮男孩身上。

他們都想起那隻能夠在動物與武器形態之間交替變化的黑貓。

「這不是什麼不能說出去的禁忌。」澤蘭優雅的聲音迴響在會議室內，「沒人提起，只是因爲僅有少數人知道。簡單來說，這是一個在多年前就宣布終止一切成果的實驗。科研部原先的目的是想研究出靈活有智慧，能給予除穢者最大幫助的人造武器。他們的理想是美好的，結果卻不如人意。」

「爲……爲什麼？」木花梨遲疑地問出口，「是因爲有什麼……負作用嗎？」

「負作用確實太大，完全超出科研部的預想。」澤蘭說，「太花費金錢和精力。」

「咦？」木花梨呆滯地眨眨眼睛。

「有時家在，錢不是大事。」時衛一針見血地提出質疑。

「我說了，還太花精力。你以爲擁有一個活的武器，需要做好什麼準備？要有大量的錢和充足的愛與關懷。必須提供三餐加下午茶加宵夜，必須噓寒問暖，必須陪它玩、陪它聊天，爲它鏟屎、洗澡、梳毛、揉肚子，睡前還得唸故事書。」

澤蘭幾乎是不換氣地一口氣唸了一串，最後語重心長地做出結論。

「這哪是養武器？這分明是養了一個祖宗！」

在聽完澤蘭的說明後，這下投給毛茅的眼神都帶著莫大的同情與憐憫。

也沒人對舊版仿生契靈抱持著美好的幻想了。

養個祖宗還不如好好養自己。

「在發現錯誤後，科研部就用最快速度停止開發，適時止損。雖然明面沒人說什麼，可是我想……還是有成功的實驗品被留了下來。」澤蘭開啓了另一張照片。

照片裡是紫髮男孩和一隻胖過頭的大黑貓，兩雙相似的金色眼睛對著鏡頭做出相同的挑眉表情。

「把我拍得挺帥的。」毛茅坦率地發表感想，他忘記這是哪一天帶著黑琅來社辦時拍的，

「大毛就還是一樣醜。」

「相信我，你來我的實驗室體驗一番會更帥的。」澤蘭笑笑地將照片放大再放大，讓焦點集中在黑貓上，「毛茅，我猜你應該知道我想說什麼了吧？」

成為注目對象的毛茅從容攤手，「我覺得呢，不如就讓當事……貓，現身說法怎樣？」

沒人對這個意見有異議。

「啊，不過先讓我打電話給室友，請他幫我架好視訊用的平板。」毛茅說，「免得大毛的爪子不小心把平板戳壞了。」

為了讓眾人看得清楚，毛茅又借了一台筆電登上LINE，再對其中一個名為「毛絨絨」的帳號發出了視訊的要求。

要求迅速被接受了，接著螢幕裡冷不防跳出了一坨黑漆漆的物體。

還能聽見有誰在旁忙不迭地說，「陛下你靠太近了、太近了！」

「往後退啊，大毛，別把你的大臉塞這麼近。」毛茅悠閒地戳戳螢幕。

圍在毛茅身邊的幾個人先是聽見一聲不悅的哼聲，隨後就瞧見那坨物體和他們拉開了距離，讓他們得以完整地看見對方的面貌。

一隻又胖又壯的金眼大黑貓正露出人性化的表情，眼神睥睨地望著站在自家鏟屎官身旁的一群人類。

「看個毛線球啊。」黑琅冷酷地說，「沒看過美貓嗎？被朕的美貌驚得說不出話來了嗎？眞是沒用。」

「不是啦，陛下。」又一顆腦袋往螢幕裡湊進來。像是用棉絮和雪花堆成的白髮少年憂心忡忡地說，「他們一定是感應到我的高顏値……」

還沒說完話的毛絨絨被黑琅用貓掌巴了上去。

「有朕在，你就永遠只能排在朕的後面！」

看著螢幕裡霸氣十足的胖黑貓，木花梨驚歎地低呼，「大毛眞的會說話耶！」

「叫朕黑琅！」胖黑貓很凶地露出利牙。

「小不點。」時衛摩挲著白皙的下巴，若有所思地盯著畫面中的那坨黑色，「你養的到底是豬還是貓？」

毛絨絨摀著嘴巴，在黑琅後面吃吃竊笑。

「愚蠢的人類！朕要和你決鬥！」黑琅憤怒得連一身黑毛都炸起了。他凶惡地衝著螢幕另一端的金髮青年齜牙咧嘴，喉頭滾出威嚇的吼聲。

「嘿，冷靜、冷靜。」毛茅朝螢幕伸出手，五指開張，宛若安撫地作勢要碰觸黑琅的前額，「大毛，你的確該接受自己是隻醜貓的事實了。」

好氣，不想理這些愚蠢的凡人！

黑琅火大地扭頭趴下，用圓滾滾的屁股墩對著螢幕。

毛茅像是毫不在意自家的貓在鬧彆扭，又笑嘻嘻地說，「不過就算是醜貓，我還是很愛你的，大毛。」

黑琅耳朵尖動了動，然後慢吞吞扭動身子，從屁股對著毛茅等人，改成貓體橫臥螢幕前。

「毛茅，我呢？我呢？」毛絨絨滿懷期待地湊上來。

「喔。」毛茅冷漠地說，「沒愛過你，滾，我不和貧乳派的說話。」

毛絨絨的心碎了一地，躲到旁邊去嚶嚶嚶哭泣了。

木花梨覺得自己剛剛好像聽見了不符合毛茅可愛外表的字詞，但一瞧見毛茅那張稚氣討喜的臉蛋，她又懷疑應該是聽錯了。

沒等到重點出現，高甜拉過自己的包包，窸窸窣窣地從裡面找到一個肉桂貝果，又起身弄了杯熱咖啡。她一口貝果、一口咖啡，面無表情地繼續等待那隻黑貓說出什麼驚天之語。

咖啡的香氣太明顯，澤蘭側過頭，看見連高甜也加入放鬆過頭的行列。他揉揉眉心，再以指關節敲叩桌面。

「初次見面，黑琅。」澤蘭說。

黑琅的金黃眼睛斜睨過來，毛臉上的表情猶如在說「有屁快放、沒事退朝」。

「你是凌霄的成品嗎？」澤蘭吐出了一個對在場大部分人而言全然陌生的名字。

可還有少部分人，是聽過這名字的。

毛茅不自覺地挺起了背；黑琅翻身躍起，估量似地直盯著澤蘭。

「別這樣，凌霄的名字在協會裡可不是什麼不能說的祕密。」澤蘭放柔了聲音，「至今仍是許多人崇拜的對象，我也很崇拜他的，前任的科研部部長，毛茅的養父。」

「先讓我聲明一下。」毛茅舉起兩隻手，無辜地說，「爸爸可沒跟我提過任何工作上的事，我曾經還以爲他是無業遊民。我只負責養大毛兼打……咳嗯，打工賺錢。」

毛茅及時想起社規第一條是實習生不准單獨打污穢，趕忙轉換了說詞。

與此同時，高甜銳利的視線也收回去。

「所以澤老師，如果你想問我有關他的事……」毛茅愛莫能助地聳聳肩，「我估計幫不上忙了，頂多可以保證他還活著。目前大概是因爲路痴毛病，迷失在他的人生道路上了。」

「眞是沒用的東西。」黑琅不屑地哼了哼，「虧他還好意思自稱是朕的製造者。」

這句話無疑是承認了澤蘭的猜想，同時也讓紫髮男孩的特殊之處有了解答。

「就這麼點屁大的事要問？」黑琅舔舔爪子，金眸瞇起，「朕乏了，全退朝去吧。喂，毛絨絨，把這關了，朕沒興趣讓凡人一直覬覦朕的美貌和肉體。」

「嗚啊啊，陛下你第一次喊我名字耶！我好感動！可是我還是要誠實地告訴你，沒人在覬覦你的……」

毛絨絨的聲音迅速被掐斷了，連帶螢幕畫面也變成一片黑。

黑琅和毛絨絨都不在線上了。

「嗯，他們倆總是愛用比較過激的肢體語言來表現對彼此的愛。」毛茅咧開一口白牙，沒仔細說明通常是黑琅單方面地把毛絨絨碾壓成渣渣。

「我想烏鴉應該會很羨慕這種肢體語言呢。」木花梨將筆記本收起，爲著今日無法出席的同班同學惋惜，「毛茅，你有空的話可以帶大毛……黑琅去探望探望他，烏鴉會很開心的。」

「沒問題，地址再麻煩學姊傳給我了。哪天我一定將大毛五花大綁地送給學長擼個爽！」毛茅拍拍胸口保證，表示會爲自己的直屬盡心盡力。

遠在家裡的黑琅無來由地打個大噴嚏。他吸吸鼻子，不以爲意地繼續將恢復鳥形的毛絨絨當球滾著玩。

既然已經確認了想知道的情報，澤蘭不再多待，以免增加小輩們的緊張感。

再怎麼說，大多數學生都不會想和校長共處一室太久的。

一瞧見澤蘭走了，毛茅馬上也準備要閃人了，林靜靜剛傳訊息找他聽八卦。

「小不點。」還在喝咖啡、玩手遊的時衛驀然懶洋洋地喊了一聲，「記得去跟伊老師領替代的手環，你的仿生契靈還沒送修吧？今晚要實習，有蜚蠊的人在，最好別帶你那隻胖貓。」

已經踏出社辦門口的紫髮男孩舉起手，比了一個沒問題的手勢。

第四章

晚上的校外實習，毛茅還是帶了黑琅和毛絨絨一起出門。

不是毛茅特意要不聽建議，而是就算不帶黑琅，他還是會變著各種法子鑽進他的包包，或是直接一屁股壓在他要穿的鞋子上，不動如山就是不動如山，反正宗旨只有一個——

帶！朕！走！

至於毛絨絨，是變回鳥類形態的。

毛茅可不認爲社團活動還大剌剌地帶著一名非社團成員，是件明智的事。

在阻止黑琅未果後，毛茅也不想再耗費時間了，乾脆手攬貓、頭頂雪球鳥，直奔向今天的集合地點。

茶鶴托兒所。

事先做點功課是毛茅的習慣，尤其他身邊還有一位號稱「八卦王」的林靜靜，問她比上網問千機百科還要快。

根據林靜靜所言，茶鶴托兒所就是……嗯，一間很普通的托兒所。

——不像青蘿公園因爲大地震而被列爲危險地帶，甚至被拉起了封鎖線。

這也讓毛茅不得其解，不懂社團怎麼會挑一個還在經營的地方當作實習地點？心中懷抱著納悶，毛茅攜家帶眷地趕到了茶鶴托兒所。

有幾個人已經在那邊等了。

時衛一瞧見紫髮男孩居然還是帶著黑琅前來，他略挑眉梢，桃紅色的眼瞳似笑非笑地睨了一眼過去，卻也沒多說什麼。

雖然毛茅覺得那一眼就勝過滔滔不絕的說教。他討好地露出笑容，舉起黑琅的一隻爪子，朝時衛他們揮揮。

「別把朕的腳當玩具。」黑琅不悅地咂舌，「朕的珍貴肉球是任何人都看得了的嗎？」

毛絨絨很想說他和毛茅都是天天看，但怕引來注意，他繼續努力地當隻安靜的美鳥。

「伊老師和澤老師今天沒來嗎？」毛茅看了看，確定現場就只有他們四個人加一貓一鳥。

「沒有唷，今天有社長在。」木花梨溫柔地解釋，「今天的實習活動有點特殊，要是伊老師過來，難度等級怕不小心飆過頭。嗯……不曉得是什麼原因，伊老師帶隊的話，很容易就會碰上污穢誕生。」

回想起當初青蘿公園一口氣冒出的兩隻污穢，毛茅不禁心有戚戚焉地點頭。

伊老師簡直就像有招怪體質……不知道找體質這麼奇特的她來幫忙抽卡，會不會馬上就抽出ＳＳＲ？

毛茅任憑思緒奔騰，金亮的眼眸骨碌地隨意打量這間被黑夜籠罩的托兒所。

路燈照明下，可以看見各種姿態的鶴型雕塑林立在校園內。爲了符合托兒所的氛圍，它們的外觀全是胖嘟嘟、圓滾滾，充滿著討喜的童稚感。

「看著這些鶴，再想到這間托兒所的名字……」毛茅忍不住舔舔嘴唇，「老是會讓我想到茶鵝，我忽然想買茶鵝回去當宵夜吃了。」

「嗯。」有誰出聲這麼同意。

毛茅轉頭一看，瞧見高甜面無表情，漆黑的眼珠子和他同樣專心地看著那些鳥形雕塑。

「完成今天的進度，明天就讓你們吃到飽，今晚不行，太晚進食簡直就是在謀害身體健康。」彷彿已經嘗到了那令人嫌惡的高熱量，時衛彈下舌頭。隨後他打量了幾位社員，手隨性地往其中一人一點，「既然烏鴉請病假，那待會的實習，高甜妳負責帶小不點吧。」

高甜的目光像探照燈般落到了毛茅臉上，她冷冰冰地彎下唇角。

「我會非常嚴格調教的。」高甜雲淡風輕地說，「免得有人還沒學會走就想飛。」

毛茅一縮肩頭，他記得這句話是那一晚高甜對他的冷酷評價。

看樣子，高甜那時候並不是眞的要放他一馬……而是一直在等著能好好整治他的機會吧？

「如果我請妳三根棒棒糖的話，能不能放我一馬？」毛茅拿出賄賂品，正正經經地問。

高甜坦然地收下賄賂，然後說，「那就改成嚴格的調教吧。」

即使把「非常」兩個字拿掉，但最重要的「嚴格」仍舊屹立不搖。

「手的角度錯了再抬高。」

「腰，你的腰是石頭做的嗎？彎一下。」

「力道不對，吃飯了沒有？」

高甜不含溫度的嗓音有若強烈冷鋒來襲，刮得人忍不住想瑟瑟發抖。

被那份低溫拍上臉的毛絨絨，就忍不住用兩隻短翅膀緊緊抱住自己，黑豆子似的眼睛又怕又緊張地直盯樹下的黑長髮少女不放。

怕，是覺得她身上的氣勢懾人。

緊張，是擔心她欺負毛茅。

「陛……」毛絨絨剛要開口，就被一條掃來的黑尾巴搗緊了嘴巴。

黑琅給了一記眼刀，裡頭只有三個意思：閉嘴、不准說話、不准喘氣。

毛絨絨委屈了，霧氣浮上眸子。不說話還能理解，不就是怕那名人類女生發現他的不尋常，不喘氣明明就是在刁難鳥啊！貓爲什麼總愛跟鳥過不去？

黑琅沒興趣解讀那小眼神中的千言萬語，就算眞解讀出來了，他也只會高高在上地從鼻子裡發出蔑視的哼聲。

因、爲、朕、高、興。

趁機抽了一下那顆毛茸茸的圓雪球，黑琅這才收回尾巴，趴臥在樹枝上，他的毛色和黑夜有若融爲一體。

假如不是那雙金眼睛熠亮得像兩團火焰，恐怕還不容易發覺樹上原來有隻貓，那豐滿的肚子肉都被樹枝擠壓得垂了下來。

黑琅看起來不像毛絨絨那麼關注底下情況，可他其實將毛茅及周遭的動靜全收納在眼裡。

就算心裡不爽著高甜對待自家鏟屎官的態度，但毛茅將他們倆扔樹上的原因就是不准他們多加干涉，負責乖乖地看就行了。

知道違反毛茅命令的後果，黑琅撇撇嘴，決定回家後要勒索一個鱈魚罐罐，以消弭他不開心的情緒。

只有自己能頤指氣使的鏟屎官，居然聽別人的話？簡直就是水性楊花！

樹下的毛茅自然聽不見黑琅的滿腔抱怨，他做足乖巧的姿態，努力地刷著布滿大量黴斑的地板。

紫黑色的斑紋就像緊黏地上的污漬，要費好大一番力氣才有辦法清除掉。

確認毛茅的姿勢做得相當標準，高甜也張手召喚了自己的契靈，到另一頭刷地了。

趁著高甜轉身背對自己，毛茅馬上朝樹上的毛絨絨招招手，做出一個無聲的口形。

糖。

毛絨絨會意，迅速從掛在樹枝上的背包裡叼出一根薄荷口味的棒棒糖，放到毛茅手中。

高甜簡直像背後長了眼睛一樣，冷不防轉過頭。

毛絨絨嚇得僵住身體，在毛茅的頭頂上假裝自己是一顆不會說話的雪球。

毛茅含著清涼醒腦的棒棒糖，金眸無辜地瞅回去。

高甜的視線又轉回去。

毛茅摸摸心口，覺得方才那一眼真是銳利無比，簡直就像上課差點抓到他偷看小黃書的數學老師一樣。

將那抹心有餘悸的感覺揮開，毛茅一邊繼續刷著地板，一邊瞄著散布在他們身邊的幾尊胖鶴雕塑。

他和高甜被分配到的，是托兒所前的大門空地。

雖說是一間專給小朋友上課的托兒所，但佔地可比一般公立學校大得許多，因此也才有辦法分劃出多塊區域讓多人負責。

前來一同參加聯合實習的蜚葉除污社，也在茶鶴托兒所內。

毛茅猜測他們可能是在遠遠另一邊，一時半會間雙方大概碰不到面。

不過，有一點他還是想不透。

「高甜，我可以問妳問題嗎？」

「直接問。」

兩人間的距離不算遠，一開口彼此都還能清楚聽見。

「為什麼實習地點會選這裡？我以為多少會選些廢墟什麼的。」

例如青蘿公園。

例如璘門鋼鐵工廠。

「茶鶴托兒所的負責人也是協會的人。」高甜說，「負責這區域的保全公司，同樣也是協會旗下產業之一。」

毛茅聽出高甜的意思了。

一言以蔽之，就是自家人的地盤怎麼折騰都儘管來，也不用擔心會惹來不必要的麻煩。

「原來如此啊……」毛茅對除穢者協會的龐大勢力有了新的認知，「那木學姊提過的，今天的實習有點特殊……」

毛茅本來是想問哪邊特殊，然而問句還未成形，就被突生異變打斷。他金澄的瞳孔遽然收縮，警告的厲喊同時衝了出來。

「高甜小心！」

就在黑髮少女背對之處，不知何時竟冒出一抹巨大的非人身影。

而高甜似乎一無所覺。

毛茅想也不想地扔開長柄刷，朝著高甜的方向奮力一撲，帶著對方驚險地避開了那隻朝地面猛力摁下的大鐵爪。

「毛茅！」黑琅和毛絨絨馬上就想衝下來。

「躲好，不准動！」毛茅嚴厲命令道。他飛快跳起，按下了手環的晶石，「回收場，開啓！」

藍與白轉瞬間取代了這個世界的所有色調。

嚴格來說，這估計是目前顏色最清爽的回收場空間了。藍天白地，恍惚中令人不禁要誤以爲正身處白晝之中。

毛茅卻無暇多加欣賞。他護在高甜身前，雙眼盯著那抹非人身影不放，預防對方的下一步動作。但等到他一覽對方全貌，娃娃臉上的謹愼轉眼就成了生無可戀。

猝然現身的，是一隻像是由鐵和腐肉拼組而成的碩大蜥蜴。足足有三公尺高，體長更是超過六公尺以上。長長的尖尾由多節鋼鐵串連而成，有如一道指向天的利劍。頭顱地方好似被利斧劈開，迸裂出一道口子，暴露出附著鏽斑的鐵骨，底下則堆積著一層軟爛的灰白物質。

全身上下都像刷著一層厚厚污濁的怪物，唯有眼洞裡的蒼白火焰是最爲鮮明的色彩。

同時也說明了怪物的身分——

污穢。

毛茅用力吸了一口氣，再用力地吐出來。

「好醜。」他捧著一張可愛的臉蛋，讓飛至他手中的長柄刷隨著意志變化成冷光閃閃的長劍，「醜到爆……感覺要打擊我對工作的熱愛。」

毛絨絨用翅膀尖遮著眼睛，按照毛茅的交代，在樹上一動也不動。

老實說，他也不太想動……嗚嗚嗚，這比之前的那隻獅子魚污穢還長得慘不忍睹啊！

自認貌美無雙的黑琅也難以接受這麼醜陋的東西，但比起毛絨絨，他留意到的細節更多。

他霍地瞇細一雙金燦眼眸。他多少能感應到污穢的到來，不然在毛茅加入除魔社之前，他們一人一貓也沒辦法順利完成多次打工。

可是，那種讓他嫌惡得幾乎渾身發癢的感覺……卻沒有出現。

怎麼回事？有什麼地方不對勁。

就是毛茅的命令加上這份疑惑，才讓黑琅留在了樹上，沒有風風火火地衝下去護主。

黑琅的疑惑同樣也在毛茅內心打轉，他分神覷了一眼地面。

紫黑色的黴斑還頑強地附著在上頭，換句話說，面前的污穢是由別處的黴斑造成，然後再跑來他們這裡的。

想到之前在青蘿公園就曾碰上兩隻污穢誕生，毛茅保留了這個猜想，但也沒將心裡的異樣感覺抹去。

形若蜥蜴的污穢可不會留給人充足的時間去思考。它張嘴發出響亮的嘶嘶叫聲，兩隻燃著白火的眼睛鎖定手持利劍的矮小人影。

似乎是從對方的身上感受到威脅，污穢像道閃電衝向了毛茅和高甜，猩紅長舌更如箭矢般射出。

「只准用仿生契靈。」高甜猛地推開毛茅，長柄刷霎時轉化成六柄長刀。

兩道銀光交叉剪下了污穢的舌頭，兩道銀光斜刺向污穢下頷，最後兩道攔截住從尾巴甩出的環狀鋼骨。

遭絞了舌頭的污穢被撩起滔天怒氣，鋼鐵爪子將瞄準它下頷的長劍打飛，強勁的尾鞭驟然一甩。

多道邊緣鋒利的鋼環接二連三飛射出來。

毛茅提劍上前，卻不是以自身武器和鋼環硬碰硬。他竟將那些疾速飛來的鋼環視作空中的踏腳石，那身以暗紅爲基調的社服，讓他的身形在藍天下看起來迅烈如一團火焰。

饒是污穢都來不及反應過來，就讓那抹矮小人影侵門踏戶，飛身至頭頂上。

毛茅當然不想踩在那團軟爛的灰色物質上，他單手抓住了污穢頭上的鐵骨，將自己吊在上面，金眸飛快掃過，隨後他的眉毛不由得擰了起來。

他不知道……從何下手才好。

或者說，他不知道自己的契靈該從何處捅刺進污穢的體內，才能一舉破壞核心。

毛茅覺得自己在打怪上的運氣都極好，通常第一次攻擊就能找著對方的致命處——現在他知道那叫「核心」了——偏偏這一回他只感到茫然。

黑琅一瞥見高甜居然還在旁佇立不動，心頭火瞬起，當即就要憤怒斥罵。但一句「朕的鏟屎官除了朕誰也不准欺負」正要脫口，一個怪異的細節阻止了他的行動。

黑琅起初以爲自己看錯了，可第二眼他就確定不是自個兒眼花。

而毛茅的動作只不過停頓了那麼幾秒，卻足夠污穢做出反擊了。

噗嚕噗嚕的異響驚動了紫髮男孩，他反射性低頭一看，臉上浮現露骨的嫌惡。

聲音的來源就是那堆積在頭骨處的灰色物質，此刻它們就像沸騰般不斷冒泡，而且還有越漸堆高的趨勢。

下一剎那間，那些疑似腦髓的灰色物質驟然膨脹，眼看就要將毛茅給包覆進去。

毛茅可不想被那種一看就令人倒胃的東西沾碰到，他飛快攀著鐵骨往上爬，抓準了距離就是朝外猛力躍跳。

殊不知污穢等的就是這一刻。

尖長的尾鞭瞬間朝猶在空中的人影掃蕩而去！

「毛茅！毛茅！」毛絨絨顧不得再聽話地待在樹上，急吼吼地就想撲下去救人。

黑琅金眸內精光一閃，緊接著一掌把急著要衝進戰圈的雪球鳥拍下。

雖說在混亂中聽不清毛絨絨的叫聲，但為了預防萬一，黑琅還是扯著嗓子吼了兩聲，假裝剛剛是自己心心念念喊著自家鏟屎官的名字。

毛絨絨還在黑琅的肉球下死命掙扎，他不懂為什麼對方能夠對毛茅的安危無動於衷？

就在毛絨絨按捺不住、想要不管不顧地變回人形的時候，一陣響亮的人聲伴隨著數道人影猛地闖進。

「找到了！」

「污穢逃來這裡了！」

高甜眉宇間出現剎那摺痕，隨即恢復。她在那些人真正踏入他們的回收場之前，快步往旁退，利用陰影遮掩住身形。

這場騷動讓毛絨絨一愣，兩顆含著淚光的黑豆子眼睛怔怔地看著突然出現的一群人。

幾名一看就是高中生的少年少女，並未留意到周邊的存在。

他們的服裝和除魔社制服有著相似的風格，亦是以齒輪和鐘錶面盤與其他碎金屬作為設計元素。其中最明顯的差異，則在於他們一身的基本色調，是蒼藍色為主。

毛絨絨即刻反應過來，這些人是蜚葉高中除污社的成員。

這群相貌未褪青稚的年輕男女手持長劍或其他武器，迅速包圍住外表有若大蜥蜴的污穢。

他們臉上難掩緊張，但又夾雜一絲興奮。

幾人互使了眼色，下一秒充滿默契地一併朝污穢進攻。

有的人鎖定污穢的頭部、脖子，有的人負責胸口或是肚腹。

雖然他們展露出來十足的氣勢，宛若初生之犢不畏虎，可動作仍帶著初學者的青澀，不消片刻便暴露了弱處，讓污穢毫不客氣地揪著空隙猛烈攻擊。

污穢的吼聲從「嘶——」變成「沙——」，眼裡的白火燃得更凶更劇烈。它一尾巴抽離了兩人，一爪子拍飛了兩人，剩下的一人被它重新長出的長舌捲住，將她從前方扯了回來。

卻不是要將她吞進腹中，竟是將她一扔，旋即一隻鐵爪抬起，大片陰影快速覆罩住那名紅髮少女。

少女面色死灰，恐懼尖叫。

千鈞一髮之際，有人搶在污穢重創那名蜚葉學生之前及時到來。

那人手持長槍，一槍捅穿了污穢的爪子，同時硬生生扛下那驚人的重量。

「快離開！」那人催促地喊。

經歷生死交關的紅髮少女連忙連滾帶爬地遠離了污穢的爪子底下。

「學姊！」

「水蓮學姊！」

她的同伴趕緊一擁而上，在確認她無礙後，馬上將目光轉了回去。那一雙雙眼睛迸現光芒，屏息以待地看著出面拯救他們的年輕人。

有著一頭金棕短髮的青年驟然鬆了手，沒了力道對抗的大爪子當即往下重重壓下。

「學長！」

「蘇學長！」

「蘇枋！」

在此起彼落的驚叫聲中，金棕髮青年的身影再次進入眾人的視野。

原來他竟是穿過了鐵爪間的縫隙，迅雷不及掩耳地奔竄至污穢的身上。

泛著銀光的長槍重新被他抓握在手中，他飛速來到污穢的背脊中間，矯捷閃躲過那從奇異角度揮來的尾鞭，或是不客氣地給予傷害。

他運用契靈是如此熟練，彷彿那便是從他身上延伸出的一部分，一舉一動都緊緊地攫住了蜚葉學生們的視線。

下一剎那，長槍快狠準戳進脊骨正中央的位置，穿透布滿網紋的鱗甲——

有如硬物碎裂的清脆音響，頓地進入了所有人耳中。

緊接著，巨蜥般的污穢消失得無影無蹤。

金棕髮青年身手靈敏地穩穩落地，身軀挺拔一如他所持握的長槍。

「太……太厲害了！」蜚葉學生中有人先激動地吶喊出來，「不愧是蘇學長！」

「學長太棒了！簡直是教科書一樣的示範！」

幾名少年少女立即一窩蜂地簇擁而上，他們圍著金棕髮青年，各種溢美之辭熱切地從他們的嘴中湧了出來。

「還好有蘇副社在啊，感謝你救了我的小命。」幸運獲救的紅髮少女也笑嘻嘻地說。

「妳太抬舉我了，水蓮，我只是做了該做的事。」被圍在中間的金棕髮青年一點也不居功，他勾起柔和的笑弧。

那笑容立刻又讓一票社員發出了吸氣聲，還有人誇張嚷著「我要暈了，被美色迷暈了」。

與那片歡樂的嬉鬧聲相反，高甜佇立之處如同被冷冽的死寂包圍，她和那群人之間好似劃了一道壁壘分明的分割線。

就在這時，一道聲音打破了高甜身邊的寂冷。

「那位學長看起來挺厲害的。」有誰冷不丁地在高甜身邊開口，「不過……嗯，我覺得他們還是傻的。」

高甜瞳孔一縮，霍然扭頭，「小豆苗？」

先前消失蹤影的紫髮男孩不知何時就站在高甜身邊。

「我不太想回應這個綽號耶，不過……嗨，是我沒錯。他們沒注意到那隻污穢是假的嗎？」毛茅摸著下巴，一針見血地指出關鍵。

果然正如他所說，污穢消失之處並未遺留下任何結晶，這足以說明剛弄得蜚葉社員灰頭土臉的怪物，不是真正的污穢。

「你怎麼看出是假的？」高甜問。

毛茅扳著手指列數證據，「一，那隻污穢沒影子，我從它身上跳下來才發現。二，妳只有出手那麼一次。嚴格要求我遵守社規的人，怎麼可能讓我一個實習生去打污穢，對吧？我猜這就是所謂的特殊實習？」

「觀察力有及格，有帶腦子在身上果然有差。」高甜瞥了一眼過去，「然後呢。」

「然後啊……」毛茅笑嘻嘻地說，「我沒有被尾巴打到，是借力跳到另一邊去，就是那棵樹。本來要馬上下來的，沒想到剛好有別人過來，我覺得就別打壞他們的興致了。」

換句話說，毛茅很樂意看到有人做白工，打一隻假污穢。

乍然見到毛茅安然無恙地出現，黑琅和毛絨絨異口同聲地大叫。

「毛茅！」

下一秒，他們又猛地想起還有外人在場，立刻一個伸爪、一個伸翅膀，摀住彼此的嘴巴。

一貓一鳥的喊聲果然引起蜚葉除污社的注意。他們反射性轉過頭，這才發現托兒所大門前的這塊地方，還有其他人在。

兩道展現出明顯身高差的人影，穿著與他們截然不同色彩的制服，暗紅色系說明了對方隸屬榴華高中的除魔社。

他們以爲剛剛的喊聲就是那兩人之一喊出的，沒仔細留意到聲音的差異。

眼下他們的注意力，都放在了黑長髮少女身上。

原因無他。

那名女孩子的美貌著實太出眾了，彷如一顆閃閃發光的寶石。

在這片驚艷過度而造成的安靜之中，有人驟然驚喜出聲。

「高甜！」高大的金棕髮青年流露巨大的喜悅，顧不得學弟妹們還圍繞著自己，他急切地跑上前，掩不住滿腔激動。

毛茅敏銳察覺到身邊人出現轉瞬即逝的僵硬，他不假思索地上前一步，咧開爽俐的笑容。

「你好，我們是榴華除魔社的，請問你們是？」

「啊，我們是蜚葉高中除污社，今天和你們一起參與聯合實習。」金棕髮青年頓了下步伐，客氣有禮貌地回答，沒有因爲對面的紫髮男孩像是國中生稚嫩，就態度敷衍，「我是副社長蘇枋，也是高甜國中時的學長，我和她認識好幾年了。」

戴著眼鏡、由氣質和言行一看就是高年級生的蘇枋，金棕色的髮絲在藍幕下彷如閃著溫暖的微光。他的相貌清俊斯文，嘴角邊的溫暖笑意給人極佳的印象，挺拔的身姿中和了那股書卷氣，讓他愈顯沉穩可靠。

「你是榴華今年的新生吧？和高甜同班嗎？」蘇枋微笑地問道：「不管怎樣，高甜都要拜託你多多關照了。」

「先別管關不關照……」一道散漫又悅耳的男聲橫插進來，換回便裝的金髮青年雙手斜插口袋，桃紅眼眸似乎含笑，可嘴角弧度卻是拉平的，「蘇副社，你破壞了我們兩社的訓練。」

「時社長。」蘇枋自然認得來人，對方無論是性情或容貌都令人難忘。他很快就意識到時衛指的是什麼，他抿了抿唇，滿懷歉意地說，「抱歉，是我有欠思考……我不應該剝奪社員鍛鍊的機會。」

「鍛鍊？蘇枋學長，你在說什麼？」蜚葉的學生們登時大感疑惑。

蘇枋正要解釋，又被突來的聲響打斷。

「毛茅、高甜！」

同樣一身便服的橘髮少女從另一方跑了過來，她微喘著氣，棕眸仔細檢視過兩人，發現沒受什麼傷才鬆了一口氣。

「我不是說他們倆不會有事的？」時衛重申了一次。

「學弟和學妹就是要多多照顧才行的，社長。」木花梨埋怨地說道。

「我比較認同獅子會把小獅子踢下去，讓牠們自己設法求生的這個理論。」時衛嘴角挑高。

橘髮少女直接當作沒聽見，自顧自地再對兩名學弟妹噓寒問暖。

當木花梨和時衛站在一塊，他們就是亮麗得令人移不開目光的一道風景。

再加上高甜，這三人的美貌完全可以形成強烈的視覺衝擊。

蜚葉除污社的人開始覺得，榴華除魔社首要的入社條件就是「看臉」這則傳聞……或許還眞不是傳聞。

「欸，蘇枋。」同爲三年級社員的紅髮少女拉拉蘇枋的衣角，「你們剛說的鍛鍊到底是什麼啊？你爲什麼要跟榴華的人道歉？」

「因爲，他把好好一次模擬練習徹底破壞掉了，他的行爲會讓我懷疑他有沒有帶腦子在身上。」時衛輕笑一聲，那聲音是極好聽的，但不知爲何又使人心頭發涼。

「社長，請讓我來說明好嗎？」木花梨溫柔堅定地說，「你有時候幼稚得會讓大家很傷腦筋的。」

「那兩個字不可能會出現在我的身上。」時衛皺眉反駁。

「事實上，它們就是出現了。」木花梨言笑晏晏地將時衛往後一推，不容置喙地換她上前，「模擬訓練是讓實習生們在做好安全措施的環境下，與虛擬污穢進行對戰。」

「虛……虛擬!?」

「等一下！所以那是假的？」

「騙人吧……那明明就跟眞的一樣！它抽飛我的時候超痛耶！」

「可是……好像沒有看見，呃，結晶留下來耶……」

有一名少年怯怯地在眾人的大呼小叫中，提出了自己剛觀察到的細節。

他這話一出，瞬間換得了短暫的沉默。

幾名蜚葉的學生連忙往之前污穢消失的地點看過去，那裡的確一片空蕩，什麼也沒有。

「是我的失誤。」蘇枋語帶懊惱地道歉，「我本來應該放手讓你們面對污穢的，這樣才能增加你們的戰鬥經驗。但是……但是剛看到你們有危險，腦子一熱，結果就……」

蘇枋摘下眼鏡，揉揉臉，苦笑一聲。

「時社長說的沒錯，是我把好好的模擬訓練破壞掉了，我會再交上一份檢討報告。」

「這……這也不是學長的錯啊！」

「對呀對呀！蘇枋學長只是太擔心我們！」

「是我們還不夠強，我們以後會更努力的！」

蜚葉的學生見到蘇枋流露自責，忙不迭出聲安慰，不願意見到他們崇拜的人失落難過。

時衛對這樣的場合一點興趣也沒有，他揮揮手，示意自己這邊的社員可以原地解散，各自回家刷牙洗臉睡了。

「高甜！」蘇枋一瞧見榴華除魔社那邊的光景，連忙出聲喊住黑髮少女，「我送妳回去吧！這麼晚了，妳回家也沒公車可以搭了吧？妳一個女孩子走夜路不太安全。」

「噢噢噢！蘇枋同學居然主動要送人回家，好體貼喔！該不會……」先前差點被污穢踩住的紅髮少女亮了雙眼，意有所指地瞄著高甜，「難不成她就是那位……咳嗯嗯，你說過的。」

「別取笑我了……」蘇枋的俊顏上流露一抹窘意。他推推眼鏡，眼神飄了一下，試圖遮掩住他的害羞，「我只是……只是擔心高甜晚上一個人走不安全。」

這小動作被他的學弟妹抓個正著，他們立刻興奮地嚷了起來。

「喔喔喔！學長好溫柔啊！」

「好好，好羨慕！我也想被那麼帥的學長送回家一次！」

「人家學長有正事要做，不然我送妳回去好了。」

「去去去，才不要！」

幾名少年少女笑鬧成一團，情緒高昂地鼓吹著自家有如男神的學長。

「蘇學長，鼓起勇氣！不要慫，就是上吧！」

誰也沒察覺到被當作話題主角之一的黑長髮少女神色森寒。

木花梨一向心細，雖說不明白緣由，但她注意到高甜一點也不同意蘇枋的意見。

「高甜，我們一起吧，我和妳也是同個方向呢。」木花梨笑吟吟地說，「蘇枋同學，謝謝你的好意，我和她一起走就好。」

高甜的愣怔只有瞬間，隨即點頭，「麻煩學姊了。」

「等一下。」蘇枋大步邁向前，在兩人結伴離開前攔下她們。

「木同學，我可以和妳交換手機號碼嗎？妳送高甜到家後，能不能通知我一聲？我是高甜國中時的學長。」蘇枋又解釋了一次他和高甜的關係。

「啊？呃，好……」木花梨找不出理由拒絕，她唸了一串數字，讓蘇枋輸進手機裡。

「真的很謝謝妳。」蘇枋誠懇地說，偏深的棕色眼珠浮閃溫柔的光彩，似乎含有諸多說不出的深深情感，「她是我重要的學妹，就拜託妳多多照顧了。」

那過分殷切的態度，讓木花梨感到有些尷尬。她很難說明那是怎樣的感覺，但確實讓她不太自在。

一道稚氣的聲音加入，讓她驀地鬆了口氣。

「木學姊，我也跟妳們一起走吧，剛好順路。」毛茅揚起開朗的笑，身上服裝已經換回出門時的便服，「大毛，你們還不過來？」

黑琅和毛絨絨快速來到毛茅身邊，一個蹲腳邊，一個蹲頭頂。

蜚葉的女學生這才發現毛茅居然帶著兩隻寵物，她們眼睛瞬亮。可還沒等到她們開口要求拍個照，毛茅就自顧自地跟上木花梨和高甜一塊離開了。

毛茅和一貓一鳥很盡責地完成了護花使者的任務。

他們陪同木花梨先將高甜送回住處，得到了一聲淡淡的道謝。

接著，毛茅自告奮勇地說，「木學姊妳要往哪邊走？我送妳吧，要是碰到歹徒……」

「撓花他的臉。」黑琅陰森森地亮出爪子。

「啾啾！」啄瞎他的眼！毛絨絨在毛茅肩頭蹦跳了兩下。

木花梨噗哧一笑，「謝謝你啊，毛茅，不過眞的不用了。我家離這裡不會太遠的，路上還有警察局呢。而且碰到歹徒，其實是要先用力地往他的下面踹過去，要拿出火災現場般的爆發力才行。你那麼可愛，也要小心一點才好呢。」

毛茅沒聽到最後一句話，倒數第二段就讓他下意識地背後一涼，想夾緊雙腿。

看樣子，木學姊比想像中的還要更凶悍呢。

與毛茅及他的兩隻寵物告別後，木花梨也踏上歸途。

冷不防地，她放在包包裡的手機傳出了鈴響。

柔和的女性歌聲在夜間街道上被寂靜襯托得高昂了幾分。

木花梨嚇一跳，深怕驚擾到周邊住家，忙不迭地找出手機，沒多看上面的來電顯示就按下通話鍵。

「木同學妳好。」沉穩有禮的男聲傳出，「請問高甜到家了嗎？」

「咦？啊？」木花梨一愣，連忙將手機拿至眼前，發現上頭是串陌生的號碼。

似乎是察覺到木花梨語氣中的困惑，聲音的主人主動表明身分。

「我是蘇杨，高甜的學長，剛剛跟妳交換過手機號碼的。」

蘇杨的嗓音在手機裡有點失真，但抹不開的是他語氣裡的溫柔繾綣。

「謝謝妳幫我照顧高甜，她對我很重要。以後她要是碰上什麼事的話，還要麻煩木同學多多跟我聯絡了。只要是和她有關的事，妳任何時候都能打給我。」

第五章

一年一班今天迎來了一位轉學生。

這讓早自習總是昏昏欲睡的學生們頓時提起不少精神，一雙雙眼睛全都下意識往走上講台的褐髮少女看去。

已經換上榴華制服的少女文靜秀氣，像是朵可人的小白花。偏深的棕色髮絲長度至肩，同色調的眼睛笑得彎彎的，頰邊還隱隱露出小酒窩，讓人不由得產生好感。

「大家好，我叫艾葉……」褐髮少女一開始似乎有些害羞，聲音小小的。可是當她的視線不經意望見坐在最後一排靠窗位子的高挑身影，她立即驚喜地睜大眸子，一時間控制不住自己的音量，「高甜！」

包括班導師在內，所有人反射性往教室後看過去。

筆挺坐在位子上的黑長髮少女冷淡迎視上眾人目光，好似方才轉學生喊的並不是自己。

「艾葉，妳認識高甜？」老師訝異地問道。

發現新班級有認識的人，顯然讓艾葉自在了不少，眉眼裡不見先前的拘謹。她開心地說，「對啊，高甜是我的表姊呢！」

這下子，一班的同學不禁大吃一驚，連忙看看艾葉，又再看看高甜。仔細一看，兩人的眼睛鼻子的確有一絲相像。只不過高甜的美貌太過銳利搶眼，假使不是艾葉先說了，著實很難讓人發現到兩人之間竟然還是親戚。

老師也沒想到這兩名學生還有這層關係，她本來想讓艾葉坐高甜旁邊的空位，可話還沒出口就先吞了回去。

那個空位是在最後一排，然而艾葉的身高在女生中屬嬌小。如果真讓她坐在那裡，估計上課會受到莫大影響。

「艾葉，妳就坐……那邊吧，靠窗的第二個座位。」老師改換了方向指過去。

「好、好的。」艾葉一面對老師，態度又變得緊張。她提著書包，往今後的座位一步步走過去。

四周同學忍不住一直偷偷瞄著這名褐髮少女，「高甜的表妹」這個身分讓他們的好奇心蠢蠢欲動，巴不得趕緊下課，就能迅速圍上前去發問。

偏偏越是這麼想，越是覺得度日如年。老師的講課時間簡直像比平常漫長了數倍，使得他們幾乎想要撓心抓肺。

好不容易等到下課鐘響，老師前腳剛踏出教室門，馬上就有好幾個男女同學圍了上去，七嘴八舌地和艾葉搭話。

「艾葉，妳眞的是高甜的表妹啊？」

「嗯，對啊。」

「妳們同年紀吧？所以是差幾個月嗎？」

「差……我算一下……我們是差了五個月！」

「妳們倆長得不太像耶，不過妳也很可愛。」

「沒……沒有啦，也不到可愛。」

旁人的稱讚讓艾葉微紅了臉，她結結巴巴地擺著手，眼珠子轉動，下意識想要找其他東西帶開話題，她不習慣自己成爲主角。

正巧，一抹高挑凜然的身影從旁經過，艾葉腦中像有個電燈泡霍地一亮。

她想起自己有件事忘了做。

「高甜、高甜！」艾葉忙不迭伸出手，呼喊著那抹準備回到自己座位的人影。

黑長髮少女回頭望了過來，那雙黑色眼睛冷冷淡淡的，卻又散發著與生俱來的魄力。

其餘同學見狀反射性沒了聲音，一個個像縮成一團的鵪鶉。

高甜太完美了，完美得讓人不敢靠近，就連對視都撐不了太久。

同時，這也讓他們不禁對艾葉的膽量深感佩服。不愧是高甜表妹，一點也不怕她的威壓。

艾葉不曉得同學們在想些什麼，她急忙從書包裡抽了東西出來，再像隻小兔子般竄到高甜身邊。

「高甜，這是要給妳的。」艾葉宛如獻寶似地遞出個包裝用心的紫色禮物盒，「是蘇枋學長拜託我轉交的。」

「我不要。」高甜面無表情地拒絕了。

「哎唷，別不好意思啦，這可是蘇學長的好意呢。」艾葉一點也沒把高甜的拒絕當眞，她強勢地將盒子往對方敞開的包包內一塞，棕色眼眸閃亮地望著高甜，「蘇學長對妳眞的太有心了，那麼好的男人千萬不要錯過啊！」

「誰是蘇學長？」有人悄悄問著身邊同學。

「妳不知道嗎？我以爲直升的大家都知道耶。」被問的人反而一臉吃驚地看回去，「就是蘇枋啊。他大我們兩屆，現在是高三了吧？不過不是榴華的，是蜚葉高中的。」

「蘇枋？我知道，我蜚葉的朋友常炫耀他們學校有個完美男神就叫蘇枋！他怎麼了嗎？」

「他從高甜國中的時候就開始在追她了……媽啊，痴心又溫柔，還有顏，幾乎十項全能，時不時會送高甜小禮物、小點心，簡直就是從言情小說裡走出來的男主角，當時就羨慕死大票女孩子了。」

「所以說……大小姐是那位學長的女朋友？」問的人把聲音壓得低低的。

「呃，還眞不是……」回答的人也把聲音壓得小小聲的，「蘇枋學長追好幾年了，還沒成功追到人。不然妳以爲『痴心』這個設定是怎麼來的？就是因爲學長苦戀未果嘛。」
「居然嗎？高甜幹嘛不答應啊？聽起來他們兩個就是完美的一對啊。」
「大家也都覺得奇怪，想不通高甜爲什麼一直拒絕蘇學長，都覺得蘇學長太可憐了，苦苦追不到人。」
那些竊竊私語對於耳力極佳的高甜來說，無疑就和一般音量差不多，談話內容中的「蘇枋」兩字，令她本能生起厭惡感。
「他跟我沒關係，我不收他的禮物。」高甜冷冷地說，將盒子從背包裡拿出來，往艾葉方向一遞，「妳拿回去給他。」
「我不要，那明明是送給妳的。」艾葉固執地說。她一把搶過那個禮物盒，又將它塞回高甜的背包裡，「學長只是想送一份開學禮物給妳，高甜妳就收下嘛。妳這樣的反應太小題大作了，學長明明是好心的。」
就像是要尋求支援，艾葉轉頭望向周邊人群。
「大家也這麼覺得吧？」
「就、就是說啊。」
「高甜，那是別人的好意，妳收下也不會怎樣吧？」
「對啊，艾葉說的也沒錯。蘇學長都對妳那麼好了，妳就別拒絕人家的禮物了。」

「不然……乾脆現在就打開，看他送什麼給妳？」

「打開、打開、打開，讓我們看看嘛！」

或許是有艾葉在場，幾名女孩子頓時也忘記對高甜的畏怕，大著膽子起鬨。

這裡的動靜引來了其他人好奇湊近，在得知緣由後，紛紛加入鼓譟行列。

然而高甜不帶溫度的冰冷嗓音，就像一大盆冷水「唰」地潑下。

「我拒絕。」

所有起鬨聲瞬間消失，眾人鴉雀無聲地看著神情冷漠如同雕塑的黑長髮少女，一時間氣氛冷下。

「這裡是我的座位，你們吵到我了。」高甜不客氣地下了逐客令。

面對高甜完全不給人面子的行爲，一班同學陷入了無比的尷尬。最終他們摸摸鼻子，各自散開。

艾葉倒是不在意高甜冷冰冰的反應，她更高興對方終於是收下了蘇枋的心意。

如果自己能夠成功促成蘇枋和高甜成爲男女朋友，那就眞是太棒了！

高甜坐回位上，冷視著那個被強塞過來的禮物，厭惡地彈下舌。她想要現在就扔掉它，但是爲免在學校裡惹來不必要的麻煩，她只能打消這個念頭。

國中時的經歷告訴她，總會有自認是好意的人撿起禮物，不是偷偷放回她桌子，就是當面拿給她，甚至指責她糟蹋他人心意。

就算傳訊息給蘇枋也沒用，對方只會不斷追問那個禮物哪裡不好，他之後再換一個。

這讓高甜學會了不理不睬，不主動和蘇枋有任何接觸。

強迫自己暫時先容忍盒子的存在，黑髮少女做了個深呼吸，決定等放學後，要馬上將它丟進路邊的垃圾箱裡。

一到放學時間，高甜率先離開了教室。

她的步伐又快又大，像陣俐落的旋風，轉眼就將榴華高中拋在後頭。

高甜不想遇上同班同學，所以選了人少的地方走。

不遠處，路邊的銀色垃圾箱在太陽底下簡直像在閃閃發光。

高甜毫不猶豫地拿出那個禮物盒，將它塞進了垃圾箱裡，連丁點餘光都不願意再分過去。

踩著黑皮鞋的黑髮少女很快便走遠了。

她不會知道，自己扔進垃圾箱的禮物盒，竟然從洞口處又自動滾了出來。

「啪」地落在地上。

金澄的日光大把大把透過樹葉間隙灑落，使得地面像是鋪了一層閃閃發亮的晶砂。

炫目的光輝將另一抹金黃色掩蓋住了。

沒有人察覺到路面上有著數條極細的金絲從那滾落垃圾箱的禮物盒中鑽爬出來。它們好似擁有生命的觸手，無聲無息地朝高甜的背影追逐而去，卻又在中途倏地停下了前行。

金絲像是在遲疑什麼、猶豫什麼，最終飛也似地全數退回，神不知鬼不覺地回到了小巧的盒子之中。

包裝精美的禮物盒孤伶伶地躺在路上，彷彿在等待誰將它拾起。

一隻大手忽然探了過來。

蘇枋撿起這個明顯被人丟棄的禮物。從他這位置看過去，只能隱約見到高甜的背影輪廓。過不了多久，就連高甜的背影都看不見了。

對於自己送出的禮物被扔在路邊，蘇枋沒有流露出氣憤的情緒，鏡片後的雙眼只是閃過了一絲難過和失落。

他本來以為……高甜應該會很喜歡的。

他不知道自己是哪裡做錯了，才會讓高甜將他送的東西丟掉。

高甜不喜歡他出現在她的學校，所以他請艾葉幫忙轉交。

高甜不喜歡太過昂貴的東西，所以他也挑了適合的禮物。

那麼是包裝紙嗎？高甜不喜歡包裝紙的顏色？

蘇枋微蹙著眉，看著淡紫色的包裝紙，越看越覺得難看。即使理智告訴他高甜不會計較這種微不足道的小事，他還是控制不住地將包裝紙撕扯開來。

起初力道還算小，但到後來，他幾乎是粗暴地將紙張整個扯爛。

直到看見盒裡的東西毫髮無傷，蘇枋緊皺的眉頭才總算鬆開來。

靜靜躺在盒底的，是一個甜美可愛的布娃娃。有些地方的做工看起來粗糙了些，但反而增添幾分稚拙的感覺。

布娃娃最顯眼的是它的一頭長髮，接近太陽的金黃色，帶給人溫暖的感覺。頭髮長度則特別長，超過了整個身子。

蘇枋是偶然在小雜貨店看到的，第一眼就覺得要買下來，然後送給他最喜歡的女孩子。

將布娃娃小心翼翼地放入背包裡，蘇枋站在原地一會，再次回想自己做的一切，確定高甜不喜歡的事他確實都避開了。

所以……

問題根本就不是出在他的身上。

蘇枋眼裡忽地燃上了喜悅和恍然大悟，他終於找到高甜不肯收下禮物的原因了。

艾葉幫忙轉交的時候，很可能也被班上其他同學看到。或許他們起鬨了，對高甜開了一些令她不開心的玩笑。

所以高甜才會惱羞成怒地將他送的東西扔在路邊，她知道自己就跟在後面，是特意要讓他看見這個禮物的。

蘇枋的眼神繾綣溫柔，他暗暗發誓。

下一次，他會做得更好的。

第六章

秋河堂是一間以各種特色茶飲和大分量聞名的複合式餐廳，除了飲料以外，還提供主食、輕食，當然甜點也不會少。

最重要的是，它走的是平價路線，這點吸引了大量年輕客群。許多學生總愛在課後或是放假時相約店內。

今天是週六，秋河堂照慣例依然座無虛席。穿著素雅制服的店員們托著餐盤，在各桌之間穿梭，爲客人送上飲料或餐點。

即使店裡人聲喧鬧，但由於每張桌子隔著適當距離，有的還會以植物或屏風增加隱蔽性，使得彼此之間並不會太受影響。

「爲您送上少冰少糖的紫芋珍奶。」一位服務生來到靠窗的一桌，笑吟吟地將容量足足有一千c.c.的大杯子放至桌上。

第一次來到秋河堂的毛茅，瞬間亮起了一雙金燦燦的大眼睛。

看在坐在對面的林靜靜和凌淨眼中，他就像是一隻突然獲得大量鮮魚的人形貓咪，她們忍不住想搗胸喊好萌。

「好大一杯啊！」毛茅替自己點的飲料拍照留念，順便也讓另外兩人點的兩壺熱茶一起入鏡。他像捨不得馬上喝，目光一直盯著外形接近啤酒杯的杯子瞧，「居然那麼便宜。」

「好地方吧？」林靜靜推高鏡架，杏眸閃著得意，「我的腦子內有這一帶的美食小地圖喔。」

「副班長，求帶我探路、帶我吃！」毛茅迅速將那雙閃閃發亮的眼睛盯住了黑短髮少女。

「放心，副班長罩你。」林靜靜笑嘻嘻地保證。

「你們兩個不吃的話，我可要先吃了。薯條冷掉就不好吃了，還有炸銀絲卷也是啊。」耐不住餓的凌淨連忙催促，自己則是拿起一顆炸得金黃的小巧銀絲卷，迫不及待地咬了一口，臉上隨即露出滿足的表情。

見狀，毛茅和林靜靜也不客氣地伸出手，朝著桌上的食物進攻。

三人都沒有聚餐還忙著低頭刷手機的習慣，頂多是偶爾瞄一下，分享一下在網路上看見的有趣消息。

忽然，凌淨不知看見什麼，她「哇」了一聲，眼中滿是羨慕。

「怎麼了？妳看到什麼了嗎？」林靜靜納悶地問道。

「我看到一班的朋友說，他們班來了一個轉學生，居然是大小姐的表妹耶！」凌淨瞧見林靜靜和毛茅正等待自己解答，心中頓時浮上一股成就感，「嘿嘿，八卦王的林大靜居然也有要聽我講八卦的一天，開心！」

「還有後續的吧？」毛茅肯定地說。

「這話說一半的毛病眞討厭啊，凌小淨。」林靜靜用指頭戳戳好友，「不說就拉倒喔，反正我也有辦法查出來。」

「啊，別別別，我沒說不講啊。」凌淨趕緊投降，她相信擁有各種八卦管道的林靜靜絕對做得到的，「讓我得意一下下也不會怎樣嘛。」

「那得意完了嗎，小淨同學？」

「得意完了，眞的，我現在就講。就是啊，高甜的表妹也轉到她們班上了，然後就送了她一個包裝得非常精美的禮物耶。」

「高甜的表妹送她禮物？」毛茅好奇地確認，「那天是她生日嗎？還是她們倆的認識紀念日之類的？」

「鐵定不是。」林靜靜斬釘截鐵地否決，「是的話，凌淨這傢伙才不會一臉羨慕的表情。」

「很明顯嗎？」凌淨反射性摸上自己的臉。

同桌的另外兩人有志一同地點頭。

「哎唷，反正我的表情不是重點啦……」凌淨把毛茅他們的注意力拉往她要說的話題上，

「高甜的表妹叫艾葉，不過聽說長得和高甜不太像，比較像鄰家小女生那種無害型。」

「跑題了、跑題了。」林靜靜用食指敲著桌面。

「不小心的啦。」凌淨趁機再抓根薯條塞進嘴裡，嚥下後，她下意識往前傾，一副要說悄悄話的姿態。只不過周遭人聲眞的太過吵鬧，讓她還是得拉高音量，以免對面的毛茅聽不見。

「林大靜應該知道的吧，大小姐不是有一個超痴情的追求者？」

「啊。」林靜靜還眞的知道。身爲八卦王，這種小道消息她怎麼可能不掌握其中。見到毛茅疑問的眼神，她先簡單地解釋人物關係，「有個蜚葉高中的三年級學長一直在追求高甜，我記得是叫蘇枋，在蜚葉也是有名的男神、校草，反正就是優秀的代名詞。」

「除了臉差了時衛學長不只一點。」凌淨一想到時衛那張完美的容貌，眼中就控制不住地冒起愛心，「然後啊，我剛不是說大小姐的表妹……艾什麼的？」

「艾葉，對吧？」

「對對對，就是這名字，我差點忘了。艾葉她送給大小姐的禮物，原來就是那位蘇學長特地請她幫忙轉交的，一班的女生都羨慕死了。有那麼帥又貼心溫柔的追求者，我也想要啊。」

「所以，高甜也喜歡對方嗎？」毛茅隨口一問，眼睛盯準了最後一塊銀絲卷。

「唔……」林靜靜想了下，「這就不知道了。那位學長我和凌淨也見過，眞的挺帥，人感覺起來也不錯。我們榴華的學生大部分都是從國中部直升上來的，所以蘇學長追高甜的事很多人知道。不過高甜的態度都滿冷漠的，印象中拒絕過對方許多次，直接表示自己不喜歡他。」

「眞的很多次。」凌淨作證，她就曾見過一次拒絕的場面，「大家都說高甜太狠心了，幹嘛不給學長機會，還總是冷冰冰地對人。這次也一樣，就送禮物的事……我朋友說高甜收到禮物，一點高興的表情也沒有，反而像收到了炸彈，一副巴不得丟掉的樣子。她們都私下說，高甜是人在福中不知福。」

「所以說，妳們都很羨慕高甜了？」毛茅舉到嘴邊的銀絲卷又放回盤內，若有所思地問。

「那當然啊。」凌淨想也不想地說，「誰不想要那麼棒的男朋友呀？換作是我，一定馬上就答應！」

「我還沒有想要交男朋友的打算，別問我。」林靜靜用兩隻食指比了一個×。

「啊啊，學長眞的太痴情了……這幾年來都沒改變心意，還時不時送上禮物或是小點心。我國中時和高甜同班過，那時候我們班上的女生都沾了她的光，分到一些零食呢。」凌淨托著下巴，陷入回憶，「放學時，學長還會來我們班要送高甜回家，擔心她一個人不安全，也總會打電話關心她的生活。毛茅，你不覺得這聽起來……」

「簡直太變態了。」毛茅笑咪咪地吐出斬釘截鐵的六個字。

凌淨愣住，以爲自己聽錯了。

林靜靜也訝異地看向語出驚人的紫髮男孩。

「變……變態!?」凌淨震驚得站起來，連語尾都分岔了。眼見毛茅點點頭，證明她眞的沒聽錯，她恍惚地坐下，好半晌才重新組織完話語，「不，我不懂……這哪裡變態了?這不該是女生都想要的完美男友嗎?」

「毛茅可不是女的，妳這樣問毛茅當然不對。」林靜靜糾正好友的問法。

「這跟我是男是女沒關係的。」毛茅擺擺手，「妳問我哪裡變態?我覺得整件事情從頭到尾……」

毛茅語氣堅定得像是不容他人反駁。

「就是變態。」

「請爲小的開示一下。」凌淨虛心求教。她心裡還是認爲蘇枋的行爲沒有問題，可她也覺得毛茅不會無故做出如此尖刻的評斷。

「很簡單啊。」毛茅說，「先別管那位蘇學長和高甜。凌淨，妳有討厭的人嗎?」

「當然有啊。」凌淨想也不想地回答。

毛茅沒問那個人是誰，只是自顧自地又說，「假如那個人喜歡妳，熱烈追求妳，妳會答應嗎?」

「啊?當然絕對不會答應的啊!我都討厭他了，幹嘛還答應?」

「可是那個人覺得自己只要努力，一定可以追到妳。所以這幾年來他都不畏風雨地出現在妳身邊，等妳上學一起到學校，放學陪妳回家，送妳禮物，打電話關心妳。甚至請妳的朋友說服妳，要妳接受他，成爲他的女朋友。」

停頓一下，毛茅吸了幾口珍奶，接著露出一個爽朗的笑臉。

「妳開心嗎？」

「見鬼了，我怎麼可能會開心？」凌淨眉頭狠狠擰起，一張艷麗的容顏浮上嫌惡的神色。她光是想像這一連串行爲就感到反胃，更別提這種可怕的事在毛茅的假設中，是持續了好幾年，「超噁心的耶，根本要讓人精神崩潰了好不好？」

「啊……」林靜靜倏地輕嚷一聲，她理解過來毛茅爲什麼要舉這個例子了，「如果高甜不喜歡蘇學長，那她會有那些反應……就不難讓人理解了。」

「可是，學長很帥又優秀耶。」凌淨還是不懂高甜不願接受的原因。

「假如妳討厭的那個人，在別人眼中也又帥又優秀呢？」毛茅漫不經心地以吸管攪拌杯裡的珍珠。

這一針見血的反問，讓原本還想試圖辯解的凌淨頓時閉上嘴巴。她苦著一張臉，將整件事的人物代換成自己和自己最討厭的人，然後不由自主地搓起雙臂，打了一個哆嗦。

要命，這樣一想就好可怕！

毛茅說的沒錯，簡直就是太變態了！

突然間聽到自己的名字被提起，高甜吃東西的動作頓了那麼一頓。

有著驚人美貌卻總面無表情的黑髮少女，將視線從自己的豬排飯中抬起，下意識看向說話聲的來源。

就在她座位的斜前方。

由於高甜的身影正好被植物遮擋住，斜前方那桌的客人自然也不會察覺到話中的主角就坐在這裡。

透過葉片間隙，高甜能看見那靠窗的位子有三個人。兩名女孩子背對她；面朝向她這方向的，赫然是張有點熟悉的稚氣臉孔，更別說那頭髮翹的紫髮有多搶眼了。

是那個有著活物契靈的小豆苗。

和自己同年級的毛茅。

高甜收回打量的眼神，重新專注在更重要的豬排飯上。

在她的手邊還有兩個相同的空碗，這其實是她的第三碗飯了。

高甜用餐快速又優雅，而且專心一致，彷彿天底下沒有任何事情可以打擾她吃飯。

不過就算她沒有刻意去聽別桌的談話內容，那些字句仍會斷斷續續地飄過來，主動鑽進她的耳朵內。

她聽見那桌女孩子無比羨慕地談論起蘇枋爲了追求自己所做過的事。

她吃飯的速度沒有改變，就連頭也沒有抬起一下，可臉上的表情越發漠然，像戴了一副面具。

直到她聽見那道明顯還沒變聲的少年聲音說：

「簡直太變態了。」

高甜身子微震，她猛烈地揚起頭。豬排飯在這瞬間好似降低了魅力，讓她足以把心思從吃飯這件事上分散出去。

高甜不自覺地捏緊筷子，黑眼珠瞬也不瞬地緊盯著那名面朝自己這方的紫髮男孩。

坐在男孩對面的茶色頭髮女孩彷彿不同意這個論點，不斷找理由作爲反駁。

她說的那些話，高甜都聽過。

從不同人口中。

不管是認識或不認識的，不管是女孩子或男孩子，他們都在不停問自己爲什麼不接受人家的好意，爲什麼不給人一次機會？

倘若這時有誰剛好從高甜身邊經過，恐怕會被她身上散發出的森冷寒氣嚇得不敢靠近。

深深地吸一口氣，高甜努力平復心底翻湧的火大感。她洩恨似地大咬一口有些冷掉的豬排，耳朵繼續豎得高高。

她想知道那個紫頭髮的小豆苗會再說些什麼。是像那些人一樣的看法，亦或是……

就在高甜自己都不自覺的緊張中，那道清亮的嗓音說：

「我覺得整件事情，從頭到尾就是……變態。」

高甜暫時忘記咀嚼口中的食物，不過即使是這時候，她的表情仍是維持一貫的淡漠，除了眼睛特別地亮。

有植物遮蔽著高甜，就算光明正大看過去，也不用擔心會被人發現。

茶髮少女底氣不足地又說了一句，換來紫髮男孩漫不經心地笑著反問。

聽著「妳開心嗎」這幾個字，高甜這瞬間只覺得心裡一直禁錮的某個存在，想要掙脫出來奮力嘶吼。

不開心，該死的她從來沒有覺得開心過！

看著那張天真但又明顯透出諷刺的笑臉，或許連高甜自己也沒注意到，她的眼神太過灼熱了一點。

毛茅他們那桌的話題又換了一個。

高甜沒有再把注意力放到他們三人身上，她端起偌大的碗公，加快扒飯的速度，吃相既豪邁又不失優雅。

短短時間內，那碗豬排飯就見底了，乾乾淨淨，連顆飯粒也沒有留下。

將第三個空碗往旁一放，高甜對碰巧經過的服務生招了招手，多加點了一份草莓奶油蛋糕，六吋的，足夠四、五個人一起吃。

蛋糕很快就送上。

鮮紅欲滴的多顆大草莓，襯著雪白的鮮奶油，看著就令人食指大動。

高甜沒有馬上享用，反而背包一提，另一手端起蛋糕，身形直挺，步伐果斷地向前走。

面向她的紫髮男孩最先發覺她的靠近，那雙金色眸子驚訝地睜大；緊接著另外兩名女孩子也下意識跟著轉過頭，然後面露震驚。

「大……高、高甜同學？」凌淨險些要喊出自己私下對高甜的稱呼，她急忙改了口，一顆心緊張地都要提至嗓子眼。

饒是林靜靜也僵住身體。

再也沒有什麼比說人八卦，結果當事人就在現場還要尷尬的事了。

大概只有毛茅在驚訝過後，還是一派從容自若了，他笑臉迎人地朝高甜打了聲招呼。

從高甜的角度看，她發現毛茅的眼睫毛特別長。

將想把火柴棒放上去試試的小心思揮開，她將蛋糕擱至桌子上，缺乏抑揚頓挫地開口，「我不小心多點的。」

「呃，所以？」林靜靜小心翼翼地確認。

「幫我吃掉它。」高甜黑亮的眼睛對上林靜靜。

明明那張美麗的臉龐沒有顯露一絲表情波動，但林靜靜總覺得自己好像看見了「這麼簡單的事還須要多問嗎？是不是傻？」這幾個大字。

「三個人都要吃。」高甜冷冰冰地強調，「個子最矮的那個得多吃。那麼矮，簡直像沒在吃飯。」

「沒問題，我會吃很多的。」毛茅壓根不在意自己的身高被人攻擊，他愉快地握著小叉子，衝著高甜咧開大大的笑容，金瞳閃閃發光，「謝謝妳啊，高甜。」

「嗯。」高甜僅僅回了一個音節作爲回應，旋即拎著背包，頭也不回地走去結帳，沒再回頭往後看。

目送著那越走越遠的背影，林靜靜和淩淨面面相覷，眼裡含著驚恐，難以相信素來拒人於千里之外的大小姐，居然會忽然請他們吃一個大蛋糕。

「太、太奇怪了吧……」林靜靜乾巴巴地說。

「反正有蛋糕吃很好啊。」毛茅的心思全放在那塊勾人食欲的草莓鮮奶油蛋糕上。

「……我今天要去買個樂透了。」最後，淩淨喃喃地這麼說。

高甜的好心情一直從星期六持續到隔天逛完書店。

當她拎著結完帳的幾本新書從書店裡走出，一條人影就朝高甜撲了過來。

「高甜！」艾葉親熱地喊著表姊的名字，伸手就想挽住對方的手臂。

高甜漠然地後退一步，讓褐髮少女撲了一個空。

艾葉也沒在意，她早就知道自家表姊性子冷淡，幾乎不讓人近身的。她朝高甜笑得靦腆，「高甜，我剛逛完街，沒想到剛好碰見妳，我們一起回去吧。」

爲了照顧方便，艾葉的父母替她選了和高甜同一棟社區大樓作爲住處，剛好成爲樓上樓下的鄰居。

雖然高甜和家人以外的親戚感情不深，但多少還是會幫忙照看一下這位來榴華高中就讀的表妹。

回家路上，艾葉一個人嘰嘰喳喳地說著這幾天在學校遇上的事。即使身邊的黑髮少女沒給出回應，依然說得自得其樂。

高甜的確沒仔細聽艾葉的說話內容，她對不感興趣的事一向不放在心上。她寧願花時間多留意周遭路面、牆面或是建築物，看有沒有代表污染的黴斑出現，再將地點記下來，傳到社團的群組，通知社員可以於夜晚時前往刷洗。

驀地，高甜放在包包裡的手機傳來震動及鈴響，她將手機拿出來，看見螢幕上顯示的是一串不明號碼。

她一般是不會接這種電話的，不過之前就曾發生過社團的人用別人的手機打過來，卻被她漏接的事。

想了想，高甜還是按下通話鍵。

「高甜，妳現在在家嗎？還是在外面？」滿懷關切的醇厚男聲立即傳了出來。

高甜冷下臉，毫不猶豫地切斷通訊。

打電話過來的人是蘇枋。

在他的號碼被拉黑後，他依舊持續不懈地用各種方式打過來。

通話被強制結束幾秒後，高甜猶握在手中的手機再度響起鈴聲。

仍舊是那串號碼。

高甜二話不說地將號碼拉入了黑名單，然後將手機扔回包包裡。

艾葉驚訝地看著高甜這一串動作。

「怎麼了？是誰打給妳？不會是詐騙電話吧？」艾葉不解地問。

「不是。」高甜只吐出這兩個字，冷若冰霜的眉眼透露出她沒有想說下去的欲望。

眼見高甜驟然加大步伐，艾葉連忙小跑步地追上去。

「高甜、高甜，發生什麼……」艾葉的話來不及問完，就被自己飄出樂聲的手機吸引了注意力。她看也沒看地接通電話，傳進耳中的悅耳嗓音讓她開心地喊出聲，「蘇枋學長！」

高甜霍地停下腳步。

以爲高甜是要讓自己好好講電話，艾葉跟著停下，手機緊緊貼著耳朵。

「……哎？真的嗎？原來剛剛是你……嗯嗯，對啊，我們在外面，等等就要……」

不待艾葉將剩下的話說完，高甜猝不及防地搶過了對方的手機，直接摁斷那通電話。

艾葉被這突來的動作嚇到，錯愕地看著將手機又塞回來的高甜，還在舌尖上滾動的話語好不容易才吞下，緊接湧上的是無措，以及一絲惱怒。

「高甜，我還沒跟蘇學長說完話啊！妳爲什麼要搶我手機？」

「我還給妳了。」高甜說。

「不是這個問題，是、是……」艾葉不擅長與人爭論，她漲紅了臉，努力想找出表達自己氣憤的詞彙，最末還是放棄地垮下肩膀，「算了……反正其實學長要問的也是妳。」

想到自己方才在手機裡聽到的，艾葉迅速又恢復情緒。

「高甜、高甜，剛剛是蘇學長打電話給妳對不對？妳爲什麼不接啊？學長說妳把他的號碼封鎖了，他只好打我的手機。學長真的好關心妳耶，真好……」

「我不需要。」高甜直截了當地說。

艾葉像是被她冷酷的態度震住，微張著嘴，一會過後才找回自己的聲音。她忍不住爲蘇枋不平，「妳這樣太過分了啦，學長明明是關心妳，他還特地打電話給我，就是想問妳的事。他人那麼好，妳眞的不接受他嗎？」

「妳想接受的話就自己去接受。」高甜再次邁開大步。

「可是他又不喜歡我。」艾葉趕忙追上，緊跟著高甜，試圖說服對方，「學長喜歡的是妳。」

「我不喜歡他，完全不喜歡。」高甜語氣冷硬得沒有絲毫轉圜餘地。

「哎唷，那是妳沒給他一次機會，怎麼知道自己眞的不喜歡？」艾葉拚命想勸自己的表姊不要固執己見。

在她眼中看來，高甜和蘇枋簡直太適合不過。兩人站在一起明明如此登對，他們兩人成爲情侶後，一定會很幸福，令旁人羨慕死的！

所以她怎樣也想不透，高甜爲什麼會那般排斥蘇枋，有幾次表現出的態度甚至強硬得有如挑釁。

明明只要答應就好了啊。

蘇枋學長人那麼好。

高甜又那麼漂亮。

艾葉仍在喋喋不休地說著。

高甜卻已經對這一再重複的話題感到厭煩。

所有人，她周遭的人，都認爲她該給蘇枋機會，該答應蘇枋的追求，覺得只要精誠所至，就該金石爲開。

只有一個人說出了她內心的想法。

站在了和她一樣的思考角度。

腦海中倏地浮上的稚氣笑容，讓高甜焦躁的情緒出現片刻緩和，眼底的霜雪也稍稍融解一些。

與一樓大廳的管理員點了頭當作招呼，高甜踩著規律俐落的步子，走向了她和艾葉住的B棟大樓。

這個社區的安全保護做得不錯，除了大廳有管理員兼保全外，進入住家大樓前還要先用感應釦，才能打開不鏽鋼門；搭乘電梯上樓同樣也須要感應。

敏感地察覺自己表姊一路上的心情不算好，艾葉搶先一步上前，打算主動幫忙開門。

艾葉站在門前，下意識先往口袋掏了掏，發現沒找到東西，又打開掛在臂彎上的小包包。

「嗯?奇怪……」艾葉低頭在包包裡努力翻找，深感困惑地皺起眉頭，「我的感應釦呢?我記得這幾天都是和鑰匙一起塞在裡面的……是沒帶到嗎?還是掉到哪去了?」

沒等艾葉翻出一個結果，高甜率先打開門，再按下電梯按鈕。

「弄不見的話，記得去管理員室再申請一個新的。」高甜淡然地對跑上來的艾葉說。

「知道了……」艾葉沮喪地嘆口氣，重新申請還要再補交一筆費用。不過她也沒爲這事煩心太久，心裡深處還是認爲自己只是不小心遺落在屋內，「啊，差點忘了。高甜，蘇枋學長要我問妳，妳喜歡粉紅色或是藍色？我猜是粉紅。」

艾葉邊說邊走進開啓的電梯內，伸手按住了開門鍵，等待高甜進來。

「唔嗯，其實我也不知道啦……高甜妳比較喜歡哪……」

艾葉未竟的語句卡在喉頭處，她畏縮地看著電梯外的黑髮少女，後者精緻的臉蛋上宛如覆著森冷冬雪。

「我不想聽見他的事，妳也不准再跟他說我的事，任何事。」高甜不帶抑揚頓挫地說，眼裡閃過凌厲的冷意。

這眼神讓艾葉心臟一縮，她結巴地擠出聲音，「可是……學長只是想知道妳的喜好，他怕之前送的東西妳不喜歡。他還說，這幾天想過來看看我們，擔心我們住在外面會不習慣……」

高甜只覺先前壓下的怒意猛地就像爆發的火山，將她的忍耐燒灼得一乾二淨。

沒有理會站在電梯內的艾葉，高甜直接掉頭往外走。

「高……高甜！妳要去哪裡？」艾葉下意識就想追出來，卻被高甜冷淡的聲音凍住了步伐。

「我餓了，想去吃東西，妳自己先上去。」

「但現在還挺早的……」

「我就是餓了。」高甜用僅存的耐性說完這句沒有起伏的話，便將艾葉拋在後頭。

褐髮少女呆然看著越走越遠的身影，不明白自己是哪裡惹怒對方了，壓按在開門鍵的手指也在無意中鬆開。

電梯門自動關閉，艾葉呻吟一聲，將額頭往前一靠，感到有些挫敗。

她只是想讓高甜不要那麼固執啊……

中斷她失落情緒的，是口袋裡傳來震動的手機。

艾葉點開螢幕一看，是蘇枋傳了LINE過來，關心她們到家了沒。

心頭頓地一暖，艾葉提振起精神，開始在手機上認眞地打字。

學長，我回到家了。不過表姊說肚子餓，她剛剛到外面吃飯了……

第七章

高甜的外貌高挑又纖細，在女孩子中稱得上傲人的身高加上修長的手腳，總是被人說天生就適合走模特兒這條路，也不時有女同學向她打聽是怎麼控制飲食的。

大多數人都不會相信——高甜從來不控制飲食。

事實上，她熱愛食物，熱愛大吃大喝。

她的廚藝不算差，可討厭洗碗，所以她喜歡在外面享受不同的美食。

她非常認同「好吃的東西能夠暫時讓人忘卻大部分煩惱」這句話。

而此刻，爲了將那份被挑起的暴躁重新壓抑下去，她決定要去吃個三大碗拉麵。

還未到晚餐時間，高甜選中的拉麵店裡只有一、兩桌客人，濃郁的湯頭香氣瀰漫店內。

瞄了下座位分布，高甜在吧台前坐下，點了一碗味噌叉燒拉麵。等吃完後再點第二碗，第二碗淨空繼續點了第三碗。

即使幾位店員早就見過各式各樣的客人，然而眼前的美少女以秋風掃落葉之姿，一口氣吃了三大碗拉麵這一幕，對他們而言依舊稱得上衝擊。

店員們目瞪口呆地看著高甜把大碗端起來，面無表情地將湯汁全部喝光，再面無表情地放下碗，擦了擦嘴巴。

其中的兩個女店員控制不住地往高甜纖細的身材瞄去，心裡湧上了強烈的羨慕與嫉妒。她們也好想要這種吃不胖的體質！

高甜沒發現，或者說不在意投注於自個身上的目光。美味的食物很大地安撫了她的情緒，她滿足地吐出一口氣，拎起包包準備結帳。

將帳單遞給高甜核對，站在收銀台後的店員親切說道：「這位同學，打卡並給我們粉絲團按讚，可以再打九折喔。」

「我的手機沒電了。」高甜不喜歡在臉書上公開自己去了哪裡，但以往的經驗讓她知道，拒絕通常只會引來不死心的一再勸說，她乾脆選了這個理由。

聽見這話，店員只好把「我們店裡有提供WiFi」這句吞了回去。她笑笑地替高甜結完帳，將零錢與發票交到對方潔白的掌心上。

與此同時，自動門開啓了，幾名年輕人笑鬧地走進來。

走在前頭的紅髮少女最先發現高甜的存在，她立刻停下聊天，語帶驚喜地喊道：

「高甜！妳也來這吃麵嗎？好巧喔！」

高甜微微點頭當作招呼，她對紅髮少女還有些印象，對方是日前和他們一起參加校外實習的蜚葉高中除污社三年級學姊。

另外幾人好奇又驚艷地盯著高甜，尤其是男孩子的眼神，都瞪得有些發直了。

「我的媽，好正……」

「她也是我們蜚葉的嗎？」

「既然是認識的話，要不要就跟我們坐一桌呀？」

「對啊，就一起吃嘛！」

「我吃飽了。借過一下，你們站在這裡讓我沒辦法出去。」高甜直白冷淡的話語讓這夥人登時面露尷尬，他們往旁邊挪了挪位置，讓出一條通道。

「等等，高甜！」紅髮少女像是霍然想起什麼，出聲喊住了欲往外走的人影。

待高甜回過頭，她揚起甜美的笑顏，舉起自己的手機說：

「都在這碰到了，我們一起拍個照打卡吧。」

「不要。」高甜像是連多說一個字都覺得懶，頭也不回地走出了店門口。

幾名蜚葉的學生被她冷淡的反應給弄懵了。

而紅髮少女的笑容則是僵在臉上，手還維持著高舉手機的動作。

一直到自動門闔上，將高甜的背影隔絕在外，眾人才像驟然回過神，七嘴八舌地批評起對方的無禮。

「這什麼態度啊……怎麼會有這種人啊？」

「太過分了，她以爲她是誰？」

「明明是很客氣地邀請她，居然還甩臉色給我們看……自以爲正妹了不起嗎？」

「水蓮，妳怎麼會和這種人當朋友？」

「她才不是我朋友！」被喊作「水蓮」的紅髮少女馬上和高甜劃清關係，她低著頭，手指惱怒地用力戳按著手機螢幕上的鍵盤，「她是蘇枋的女朋友！蘇枋老是喜歡跟我們秀恩愛，還要我們多照顧一下……可惡，氣死人了！我要去群組抱怨，那個學妹根本既不合群還特別難搞，叫蘇枋快把他女朋友帶回家！」

星期日傍晚街上，人潮和車潮依舊絡繹不絕，路燈和店家招牌燈光皆提早亮起。

高甜肩揹著包包，步伐俐落快速，卻又自帶優雅。一頭烏黑長髮隨著她的動作晃動，使得她不管走到哪裡，都是一道風景。

路上行人忍不住回過頭，有些人甚至猜測這會不會是哪位偶像明星。

高甜無視周遭人的目光，她拿出耳機戴上，側臉看上去越發冷漠，彷如不帶溫度的無瑕瓷器。

高甜無法理解，本就不熟的兩個人有什麼好一起自拍的。

將拉麵店碰上的插曲丟出腦海外，她聽著手機裡的音樂，打算隨便走走逛逛。一來作爲飯後運動，二來還能檢查何處有黴斑。

只不過高甜無論如何也沒想到，就在她準備要過斑馬線的剎那，有人無預警自後拉住了她的手。

「高甜！」

高甜猛地回過頭，同時反射性抽出自己的手臂。當視野內納入對方身影，她的瞳孔驟然收縮，驚愕與厭惡交織在她的眼眸底。

拉住她的人是蘇枋。

高甜不曉得蘇枋怎會那麼剛好也出現在這裡，她抿直唇線，馬上轉頭就走，連多說一句話都不願意。

「等一下，高甜、高甜！妳別走太快，小心會絆倒！」蘇枋憂心忡忡地跟在後面喊。

然而他的語氣越是關切，高甜內心的排斥就越發強烈。

那種不舒服的感覺，宛如是許多小蟲爬上了身，讓人巴不得狠狠將之全部甩掉。

「別跟著我！」高甜扭頭厲喝，黑眸像淬了冰冷的火焰，「滾出我的視線！」

「高甜，妳小心點走。」黑髮少女的回應讓蘇枋湧起狂喜，對他人而言毫不留情的話語進入他耳中卻恍如天籟，他眼神灼熱地緊盯著對方不放，「我走在妳後面好不好？這樣妳就不會看到我，心情也就不會不好了。」

那道如同赤裸裸舔舐著人的視線，令高甜打從心底作噁，她的語氣出現控制不住的波動。

「你聽不懂人話嗎？我要你滾出我的視線，別再出現在我的身邊！」

「高甜妳別這樣，我哪邊做得不夠好？妳告訴我，我會努力改的！」蘇枋急切地加大步伐，再次伸手緊緊抓住高甜的手臂，「我什麼都願意爲妳改的！」

「放開我！」高甜鐵青著一張昳麗的臉孔，使勁想要抽回手。

兩人在路邊拉扯引來旁人的注意。

發覺到有人想上前關心狀況，蘇枋的手登即一鬆，讓高甜掙得機會迅速跑走。

蘇枋面露焦急，他一邊語氣尷尬地對人連說「不好意思，我女朋友跟我鬧脾氣」，一邊連走帶跑地追上去。

蘇枋外貌本就出眾，加上親和力強，這讓圍觀路人紛紛露出了善意的笑容，還主動讓開了路，讓這名可憐的男朋友趕緊去把女朋友追回來。

高甜根本不在意自己身後發生什麼事，她只想擺脫那個一直纏著自己不放的惡夢。

她一心趕著遠離，沒仔細留意前方路況，結果在繞出街角時和人撞了個正著。

猛烈的衝擊力道讓雙方被迫停下腳步。

高甜按著被磕疼的下巴，還來不及先道歉，就被一撮可愛的紫色小鬈毛吸引了注意力。

「小豆苗……毛茅？」

「高甜？」毛茅摀著被撞紅的鼻子，含糊又驚訝地喊出聲，金黃色的圓滾眼睛內還噙著因疼痛而冒出的淚水。

這讓高甜的愧疚感頓時加深，心裡更是生出了一股自己欺負小動物的錯覺。

「抱歉，你……」高甜設法讓自己的聲音軟一些。她明白自己一向嗓音過冷，還控制不了吐出苛刻辛辣的句子，這讓她平時寧願把嘴巴閉得緊緊，「你沒被我……」

撞得更矮吧？

高甜剛要脫口問出關切，後方的蘇枋赫然已追趕上來。

「高甜，妳走太快了！」蘇枋的手眼看就要觸及高甜的肩頭。

一股子顫慄從腳底直衝腦門，高甜想也不想地把還噙著淚水的毛茅一把拉了過來。

「你怎麼那麼慢才來？」急促的質問如連珠砲般射出，「明明約好準時見面的，你的守時觀念是被你家那隻過重的貓給吃了嗎？」

毛茅瞪圓了眼。在日光下，他的眼眸又圓又大，還呈現剔透感，就像兩顆晶亮的琥珀。

高甜霎時險些被恍了心神。

黑長髮少女突如其來的指責，不只是讓毛茅愣住，也讓蘇枋錯愕地看著兩人。

「答應，我請你吃洋芋片。」高甜暗中加重扣著毛茅肩膀的手指力道，在蘇枋看不見的角度以氣聲凌厲地說。

「高甜，妳力量再大一點的話，我眞的要長不高啦，到時候我未來喝牛奶的錢都要由妳負責喔。」紫髮男孩歡快地露出笑容打趣，那模樣既親暱又俏皮，「妳也知道我家大毛老是喜歡搞事，所以我才會不小心拖那麼久的……不過也沒遲到太久吧？」

說著，那雙金黃的眼睛討好地眨了眨。

高甜幾乎一口氣徹底鬆懈了下來，她沒發現到自己緊繃的臉色稍有緩和，眸底的寒意也消融些許。

但是蘇枋注意到了，他神情刹那間難看起來，可轉眼又斂得一乾二淨，就連投給毛茅的眼神也仍是親和穩重。

「既然毛茅你和高甜先約好了，那我就不打擾你們兩人了。」蘇枋語氣遺憾地笑了笑，「高甜就拜託你多照顧一下了。」

高甜眉毛凌厲地就要挑起，她實在對這種聽起來像和她有著親密關係的語氣厭煩到極點。

沒想到下一秒，她就聽見紫髮男孩吃驚地說：

「蘇學長，你在開玩笑吧？高甜很優秀的啊，根本不需要誰特意照顧吧？反倒都是她常在照顧我呢。」

蘇枋似乎沒預料到會聽見這樣的回答，一時反應不過來。

毛茅瞇著眼睛笑了笑，卻沒有再與蘇枋多搭上一句話，只對著高甜說，「我們走吧。」

蘇枋被這幾字猛地拉回神智，迅速又向前一步，鏡片後的褐色眼瞳盈滿真誠關懷的色彩。

「毛茅，我可以跟你要手機號碼嗎？我很高興高甜在學校能有要好的同學，她不太擅長與人相處……平時在學校就要麻煩你多多包容了。」

高甜瞳孔遽縮，幾乎要管不住衝上喉頭的尖銳斥罵。

蘇枋總是靠著這種方法拿到她身邊人的手機號碼，再藉此對她的行蹤緊迫盯人。

但毛茅卻歪著腦袋困擾地說：「不好意思啊，學長，我不隨便和男性交換手機號碼的。」

這讓已經拿出手機、準備輸入數字的蘇枋錯愕地抬起頭。

俐落回絕人的毛茅也不管蘇枋的呆愣，他朝高甜揚揚眉，這個暗示的小動作立刻讓後者理解。

高甜腳步一動，毛茅馬上配合地跟著動。

他們就像最普通的一對朋友，一塊走在街上，誰也沒分給後方一絲一毫的注意力。

「謝謝你了。」高甜說得很慢，她在仔細過濾自己的詞彙，免得不小心又變得毒舌，「洋芋片你想要幾包，我都可以買給你……總之，就是謝謝。」

謝謝你什麼都沒問，就願意配合我。

也謝謝你真的明白我的困境。

「妳不用買洋芋片給我，我也會這麼做的啊。」毛茅仰起臉，咧開一口白牙。明亮的圓眼睛加上那絡跳晃著刷存在感的小鬈毛，讓他洋溢著蓬勃朝氣。

高甜覺得自己像看見一株奮發向上的小豆苗。

挺可愛的，想摸頭，想捏臉。

將這份蠢蠢欲動的小心思壓按下去，高甜不接受毛茅的拒絕，「你幫了我的忙，就一定要收下我的回禮。如果你不要洋芋片，那就改天晚上出門跟我去做特訓。」

「呃……什麼特訓？應該不是我想的那個特訓吧？」毛茅小心翼翼地問。

「我不知道你說的那個是指哪個，至於我說的那個……」高甜停頓一下，黑亮的眼珠盯得毛茅吞了下口水，「就是純字面意思，特別訓練。你想飛，我就教你怎麼飛。」

毛茅當然不會以爲高甜眞的是要教他如何飛翔。

他們的第一次正式接觸，就是在那一夜的月下打工中。

黑長髮少女當時的第一句話就是：誰准你還沒翅膀就想飛的？

現在又提起了這話題，毛茅一聽就明白，對方這是要好好磨練他，讓他做打怪特訓的。

偏偏自己又不能老實坦白地說打污穢這項工作他其實做得挺熟練了。養父不在家的這些年，他都是靠著這份打工來賺錢。

倘若眞說出來……

毛茅苦著臉，那之前在高甜面前裝的「第一次違反社規」這個設定就要崩了，污下的結晶只怕通通都得交出來。

「別啊……」毛茅痛苦地發出呻吟，「我換回洋芋片可不可以？」

「不行。」高甜不容置喙地說，聲音仍像霜雪凍過，沾著冷氣，可眉梢、眼角都隱隱含著笑意。

兩人並肩走在一起，並沒到說說笑笑的熱絡，但從後不時能看見他們側著臉交換話語。雖然聽不清他們在說什麼，可彼此間的氣氛明顯相當融洽。

蘇枋站在原地，臉色陰沉地看著那一高一矮兩抹身影越走越遠，終至消失在下個街角。

四周仍是人來人往，車潮絡繹不絕，各種喧囂像是多條河流沖刷而過。

蘇枋摘下眼鏡，抹了一把臉。當他再戴上眼鏡，臉上的陰沉已經不復存在。

「是我做得不夠好，不夠努力……」他喃喃地說，轉頭往反方向走，「得再改進才行。」

沒錯，他會改的。

他會再改的，直到高甜喜歡上自己。

金棕髮青年的眼睛重新亮起光芒，開心的笑意凝聚在他彎起的唇角上。

□

夕陽光輝斜映在榴岩市的建築物上，將帷幕玻璃染成了橘紅色。

身姿修長的青年快步行走，一頭金棕色短髮被日光染照得末端像滲著光，閃閃發亮；尤其那張出色的容貌，更是讓人不容忽視。

路上有幾名女孩子瞧見了，不禁欣喜地喊出聲：

「蘇枋學長！」

聽見叫喚的蘇枋側過頭，朝自己沒印象，但估計是同校學妹的幾人含笑點頭，馬上又引來了興奮的呼聲。

「好帥啊！」

「不愧是我們蜚葉的男神！」

「可是聽說學長有女朋友了，還是榴華的校花……」

「對耶，我也聽說過學長超愛他女朋友的！」

想到男神名草有主，女孩子們齊齊嘆了口氣，留戀的目光追著蘇枋遠去的背影。

這樣的小插曲轉眼就被蘇枋忘在腦後，他估算著時間，一邊拿出手機，聯絡他要找的人。

「……是的，張師傅，麻煩你過來了。地址就是我之前傳給你的那個……嗯，我會在外面等你過來的。」

與對方確認完畢後，蘇枋眉眼一掃之前的陰霾，心情愉快地直奔目的地。

綠回大地——一處由多棟大樓組合在一起的社區。

蘇枋等的對象十幾分鐘後騎機車趕來了。

那是一位年約四、五十歲的中年男子，他帶著工具盒，四處張望尋找這次工作的委託人。直到看見蘇枋向自己走來，還舉手打了招呼，他立刻也端起客氣的笑容。

「張師傅。」蘇枋有禮貌地開口，「我帶你上去吧。」

「啊，好的好的……」張師傅摸著後腦勺，與對方一路走進綠回大地的大廳，「須要登記還是什麼的嗎？我之前去的大樓就很龜毛……咳，也不是啦，應該說他們挺小心安全的。」

「我懂你的意思。」蘇枋和善地笑了笑，他從容的應對容易使人忘記他還只是個高中生，「小心是好事。不過有這裡住戶帶著的話，就不用那麼麻煩了，我也有先跟管理員提過了。而且剛剛管理員有事暫時離開，現在人不在位上。」

蘇枋說的沒錯。

設置在大門處的管理員室的確不見人影，窗口前掛著的「外出巡邏」牌子則解釋了原因。

蘇枋帶領張師傅來到B棟大樓，他拿出感應釦，先打開了樓道間的門扇，再來是電梯內的感應裝置。當「嗶」的一聲響起，他接著按下了成排數字鍵上的11。

電梯門很快就在十一樓打開，蘇枋率先走出，在右邊的大門前站定。

「就是這間了。」蘇枋誠懇地說，「再拜託你了，張師傅。我妹妹不小心把大門鑰匙放在父母車上，偏偏他們又剛好出差去了，一時趕不回來……這真的造成我們很大的麻煩。」

張師傅連連點頭，他能夠體會這種難處。他打開工具盒，不忘先問一聲，「那要打一副備鑰嗎？」

「要的，就麻煩師傅了，畢竟我爸媽他們沒那麼快回來，我們兄妹倆只有我早上借給妹妹的那一副，實在不方便。」蘇枋說道，隨後便退到一邊去，不打擾張師傅作業。

從事鎖匠工作有十幾年經驗的張師傅沒花太久時間就打開了大門。屋內安安靜靜的，沒有半點人聲。

接著，張師傅合完了鎖頭，複製出一把新鑰匙。

「記得以後小心點啊……還好你們鑰匙是掉在父母車上，不然就要整副鎖都重打才安全了。」張師傅收下錢，不忘叮囑道。

「好的，我會多提醒我妹妹的。張師傅，真的很謝謝你。」蘇枋真心誠意地道著謝，「坐電梯下去不用感應的，你直接按數字就可以了。」

待電梯門闔上，蘇枋反手關上大門，懷抱虔誠地慢慢走進了屋子裡。

他屏著氣，貪婪地看著充分彰顯主人性格的室內布置，簡約俐落，但有些小地方仍流露出一些少女氣息。

蘇枋覺得光看還不夠，他拿出手機，一邊在各個廳室走動，一邊不斷地拍著照。

終於，他來到了屋子主人的臥房。

當門板被蘇枋推開，他看著房內景象，忍不住浮起寵溺的笑容。

在窗邊的小櫃子上，堆著好幾隻毛茸茸的可愛玩偶。

蘇枋走向前，伸手撥弄了幾下，再從自己的包包裡拿出一個甜美可愛的布娃娃。長長的金色頭髮像是瀑布般披散至腳下，令人想到美麗的童話公主。

將櫃子上的那些玩偶撥開，蘇枋將金髮布娃娃放到裡面，再重新調整好玩偶的位置。

從外表看，完全看不出有絲毫異樣。

除非把好幾隻玩偶拿起來，不然誰也不會想到裡頭還藏了一個外來客。

蘇枋滿意極了，他抬頭環視這間帶著淡淡香氣的房間，內心渴望能再多待一會，最好是可以一直待下去，然而理智告訴他該走了。

他沒忘記離開前爲主臥也拍張照，包括收納貼身衣物的衣櫃都被他打開拍了十幾張，才依依不捨地走出這個屋子。

關上大門、上鎖，蘇枋走進電梯裡，伸手按了1。

然後他走出了綠回大地。

走出了高甜居住的社區大樓。

第八章

擺在桌上的手機響起，不過毛茅這時正在洗澡，水聲蓋過了門外的鈴聲。

毛茅不曉得有人打電話過來。

然而窩在客廳看電視的黑琅和毛絨絨卻沒忽略那道聲音，一貓一人馬上將節目拋到一邊，迅速直奔向聲音來源。

黑琅的速度大勝毛絨絨一籌，他快如雷電地超過競爭對手，緊接著再來一個精準的甩尾，利用慣性到了毛茅的房間門口。

毛絨絨由後追上來的時候，黑琅已經跳上了床鋪，看也沒看來電顯示一眼，那隻貓爪子就靈活地往手機一戳，接通了電話。

毛絨絨張大嘴巴，一句「擅自接毛茅的電話不好吧」就這麼哽在喉頭，來不及逸滾出來。

黑琅可沒理會一臉著急不安的白髮少年。在他看來，他替自家鏟屎官接電話本來就是天經地義。

「喂？毛茅在洗澡，你誰？」黑琅口氣不客氣地質問。

手機另一端沉默了數秒，才有道聲音傳出來，「……你是毛茅的貓？」

那聲音是女孩子所有，還特別剔透悅耳，宛如水晶石敲擊出清冽的音響。

黑琅眉頭一皺。

毛絨絨慌張得要暈過去了。天啊天啊，對方知道說話的是隻過重胖貓，這是不是代表陛下終於被發現身分，要被人抓去做實驗了!?

各種可怕想像有若脫韁野馬，在毛絨絨腦海內一跑不可收拾。

等到毛絨絨的想像演變成需要打上大塊馬賽克之際，那邊的黑琅已經扭頭，朝水聲歇停的浴室大喊。

「毛茅，電話！姓高的人類雌性找你！」

毛絨絨驚得一回神，瞪圓的藍眸立刻看向床上的那支手機。

螢幕上顯示的人名是「高甜」。

高甜、高甜……毛絨絨想起來了，就是那個長得很漂亮、散發著冷冽氣勢、說話很毒的黑長髮女孩子！

她和毛茅什麼時候感情變好了？居然還會在晚上打電話給他？

毛絨絨心裡是說不出的焦急。他在原地轉著圈圈，轉到忍不住「砰」地變回鳥形。他揮舞著短得可愛的兩隻翅膀，緊張地對黑琅嚷道：

「陛下、陛下，怎麼辦？毛茅不會又要養第三隻寵物了吧？他難道是覺得滿屋子都是公的不好，想要再多養一隻母的？」

「說那什麼蠢話？」黑琅凶惡地吊高眼，「這個家哪來的第二隻寵物？這裡就只有朕一隻寵物而已！備用糧食給朕縮成球，自己滾到一邊去！」

在威壓之下，毛絨絨哭啼啼地滾了。

此時浴室門被打開，一抹人影伴隨著蒸騰的熱氣走出來。

換好衣服的毛茅擦著頭髮說，「別鬧了，我沒養人類當寵物的興趣，我養自己都快養不活了。」

「但、但我就是……」毛絨絨的話還沒說完，就見到毛茅豎起了食指，放在唇邊。

毛絨絨心頭一跳，猛地想起手機還在通話中。他瞠圓了眼睛，兩隻翅膀飛快掩住嘴巴。

「你是什麼？你就是吃白食的。」黑琅挑剔的目光掃向那顆重心不穩又倒下的雪球，「毛茅，電話。」

「知道了，是高甜找我吧？」毛茅接過手機，「喂？」了一聲，等到對方傳來回應，才笑吟吟地說道：「妳好啊，高甜。不好意思，我剛在洗澡，大毛他們有吵到妳嗎？」

「還好。」高甜言簡意賅地說，「我希望你沒忘記我前天下午說過的事。」

前天下午說過……毛茅將手機改成擴音，雙手繼續擦著頭髮，同時努力回想高甜那天下午曾和自己說了什麼。

他們下午時甩開了蘇枋，順便去白烏亞家探病。

重感冒的學長頂著有些凌亂的灰髮，看起來更令他想到溫馴的長毛大狗了。可惜不能摸，他沒忘記對方不習慣和人靠太近。

將整個下午的行程回憶一遍，毛茅思緒驀地定格在某個片段，他的娃娃臉皺了起來。

「噢噢噢……不是我想的那個吧？特什麼訓什麼的？」

「太好了，你的記憶力沒退化。」高甜冰冷的語氣依稀透出一絲欣慰。

「所以是今天……喔！不要吧？我都洗好澡了耶！」毛茅哀號一聲，「今天也太急了，簡直像趕鴨子上架嘛！」

「那你這矮鴨子就乖乖地被我趕上架吧。」高甜冷若冰霜地說，「答應的事我就會做到。給你半小時的時間，我們青蘿公園見。不來的話，你就一輩子是株小豆苗。」

「我覺得妳一定有哪裡誤會了，我未來肯定能長得直逼白烏亞學長，我只是還需要……」

「時間」兩字尚停留在毛茅的舌尖上，他的耳中就先傳來「嘟」的一聲。

高甜很乾脆地掛掉電話了。

毛茅放下手機，任毛巾還蓋在頭上，就「啪」地往床上倒下，臉埋入床鋪裡。

「痛苦，想死……」紫髮男孩有氣無力地呻吟，「我明明都洗好澡了，又要再換一套衣服了……」

「朕不介意你穿睡衣出門。」黑琅說著風涼話。

「謝謝你喔，大毛，你今天的宵夜沒了。」毛茅雲淡風輕地說。

黑琅氣得喵喵叫，但毛茅接下來的一句又熄了他的火氣。

「要跟著出門的，自己先到玄關那邊等著。」

這下子，就連毛絨絨也飛快蹦跳起來，拍著翅膀歡快地飛出了臥室。

毛茅不討厭晚上出門，他只是不喜歡洗完澡後必須再出門，而且還是那種絕對會弄髒衣服的出門。

直覺高甜沒等到人恐怕會直接殺過來抓人，他心不甘情不願地脫下柴犬睡衣，開始換起外出的衣服。

毛茅的心情太低落了，就算是一包洋芋片也無法拯救他。

他決定，他要帶三包洋芋片出去吃！

青蘿公園對毛茅來說並不陌生。

甚至可以說是印象深刻得很。

畢竟他的初次校外實習地點就是在這裡，同時也是在這裡透過特製護目鏡，開啓了他的新世界。

嗯，一個令人視覺疲勞的新世界。

想到護目鏡後的花花景象，毛茅就更加珍惜自己現在所看到的一切，而且還巴不得自己的契魂別成熟，免得以後吃飯會瞄見各色黴斑圍繞在身邊，那實在太影響食欲了。

「毛茅，再來呢？」從紫髮男孩兜帽裡倏地傳出細細的問聲，緊接著一團雪球似的白色影子鑽了出來。

化爲鳥形的毛絨絨就藏在毛茅拉起的T恤兜帽裡，主要是別讓第三人注意到有隻小鳥會說話。

毛茅可不曉得萬一毛絨絨被人發現不尋常，自己該如何解釋才好。

他總不能說這隻鳥失憶了，身爲把鳥撞失憶的嫌疑人，他只是順便把對方撿回家而已。

聽起來超不可靠的——假如自己不是那個嫌疑人，他都覺得這話太假。

「再來就是你閉嘴，當隻沒存在感的醜鳥。」黑琅冷笑地說。

「你們兩個都別吵了。」毛茅不是很認眞地警告著一貓一鳥，「我先聯絡高甜吧，看她在青蘿公園的哪……噢。」

毛茅將拿出的手機又放回去。遠遠地，他就望見纖細高挑的人影朝自己所在之處走來。

彷彿重現那一日的初遇，黑長髮少女拎著鼓鼓的便利商店袋子，自袋口露出的物品邊角可以猜出裡頭可能裝滿零食。

毛茅銳利地打量一圈，然後有些失望地發現，沒有當初讓他驚爲天人的松茸口味洋芋片。

「你眼睛像要盯得掉出來了。」黑琅沒好氣地說，「不要一副看見大美人的蠢樣。」

「洋芋片在我心裡就和大美人差不多呀。」毛茅用腳跟踢踢黑琅的屁股，「大毛，待會記得乖啊，不然……嗯，你懂的。」

「什麼什麼？毛茅的『你懂的』是什麼意思？告訴我啊！」毛絨絨好奇得撓心抓肺的，不停在兜帽裡撲騰。

黑琅猛地攀爬上毛茅的肩頭，亮出尖牙，作勢要將帽裡的糰子抓出來。

毛絨絨被嚇得一口氣卡住，圓滾滾的小身子更是一僵，失去平衡，從毛茅頭頂上滾下來。

黑琅跳下毛茅的肩，動作神速地抄起了那顆從上衣下襬內滾出來的白糰子。

高甜在這時走過來了。

被叼著的毛絨絨一動也不敢動，假裝自己是顆又白又軟又聽話的麻糬，就怕自己一吭聲，會被黑琅毫不留情地吞下肚。

「你的鳥？」高甜瞥了一眼被黑琅叼住的毛絨絨。

「嗯？還在啊。」毛茅想也不想地低頭拉開褲腰一看。

「不是那個。」或許是毛茅的動作太自然，更可能是那張討人喜歡的可愛臉蛋絲毫令人感覺不到猥瑣，高甜的語氣仍是很平淡，「除非你自認那個跟那個大小差不多。」

——但話語依然像淬了一層辛辣的汁液。

也虧得毛茅心大得很，他毫不在意地一擺手，「不是我這邊的那個，可是連發展空間都沒有了。」

毛絨絨被一連串的「那個、這個」繞得頭都暈了，而且莫名覺得自己好像在那一瞬間無故躺槍。

黑琅發出了嘲諷的嗤笑聲，他的嘴一開，原本叼咬著的雪球鳥登時往下砸地。

把毛絨絨砸得更懵了。

「你帶鳥和貓來特訓？」高甜淡淡地問。

毛茅幾乎可以立刻幫忙接出下一句——

「你的腦子現在又沒帶在身上嗎？」

「我喜歡毛茸茸的寵物嘛。有他們在，我會更有動力的。」毛茅臉不紅、氣不喘地隨口編造了一個合適的理由，「而且萬一特訓到一半，我餓的話……」

「馬上就有儲備糧食可以吃。」黑琅的語氣淨是不懷好意，「朕強力推薦烤小鳥，撒上香料就能增添滋味，讓貓……噢，還有人口齒留香。」

毛絨絨淚眼汪汪。明明都是毛茅的寵物，貓鳥之間爲何要如此傷害呢？

而且陛下……你爲什麼說得一副你吃過超多小鳥的口氣啊！

礙於高甜在場，毛絨絨不敢痛心地嚷出質問，只能迅雷不及掩耳地飛回毛茅的兜帽內尋求保護。

「行了，大毛。」毛茅出聲爲毛絨絨主持正義，「你要是把我們的儲備糧食嚇跑了怎麼辦？要溫柔、要體貼，要像我愛著洋芋片那樣愛著他，懂嗎？」

黑琅表示他太懂得如何愛著食物了，這點完全不須學習。

毛絨絨抖得快掉下更多羽毛。

高甜對別人家的寵物事沒興趣，不過毛茅的那番話給了她一些啓發。

「我會溫柔體貼地帶你進行特訓的，小豆苗。」她冷淡地說，「首先，你就跑青蘿公園十圈吧。一圈差不多一公里，半小時沒跑完就再加碼，這裡的地形很適合加強你那雙短腿的耐力和肌肉強度。」

「我可以……」毛茅試圖和高甜解釋「溫柔體貼」的眞正含義。

「不行。」高甜截斷得俐落乾脆。

「但我……」

「不行。」

「我只是想……」

「不行。」

「我……」

高甜抬起手，她終於換了一個回答。

她說，「跑，不然我就上報你私下打污穢的事。」

頓了頓，黑長髮少女露出一個冷颼颼的笑容，「你不會以爲我眞的相信，你只幹過那種事一次吧？」

「如果可以的話，請妳務必假裝相信了。」毛茅嚴肅地說，「我現在就去跑圈。我跑完後，能夠申請把『假裝相信』改成『眞誠地相信』嗎？」

高甜直接伸出手，食指朝前一比。

這意思很簡單，就是——不要廢話地快滾去跑吧！

毛茅這下很肯定，高甜的字典裡顯然還不打算收錄「溫柔」和「體貼」這兩個詞彙。

他忍不住爲自己換上的乾淨衣物即將弄髒傷感了三秒，接著就一點也不猶豫地把這星期洗衣的工作推到黑琅頭上。他將兜帽一把拉下，金黃的眼眸亮若灼火，拔腿便迅如獵豹般飛衝出去。

鼻子無端發癢的黑琅顧不得打噴嚏的衝動，馬上也邁開四條腿追出。

唯有本來待在毛茅頭上的毛絨絨來不及做好安全措施，過快的速度讓他眼前一花，整隻鳥猛地被甩了出去。

倪。

——被另一隻雪白的手掌及時接住。

毛絨絨僵直地看著高甜毫無波動的美麗臉蛋，心臟驚恐地狂跳，就怕被對方看出個什麼端

他不想被送去實驗室解剖的，他只是一隻可愛又乖巧的鳥寶寶啊！

「……挺可愛的，果然是什麼樣的主人養什麼樣的鳥嗎？」高甜自言自語。

毛絨絨腦中瘋狂運轉的可怕想像剎那間全數消停，他吃驚地看著全身上下都透著冷漠的黑髮少女，懷疑自己是不是聽錯了。

胸不大的美少女誇他可愛、可愛、可愛……四捨五入一下，他就可以當作是一名貧乳美少女在誇他可愛了！

毛絨絨臉頰浮上紅暈，他開心地沒深思高甜那句「什麼樣的主人養什麼樣的鳥」的含義。

「啾啾！」他蹦跳兩下，表示他的好心情。

高甜把這舉動當成毛絨絨想離開，她將掌心移向前，「去找你的主人吧。」

毛絨絨蹭蹭高甜的手掌，隨後便拍動翅膀，像束白色流星竄向高空。

與大多數鳥類不同，毛絨絨的視力並不受夜色影響，地上的一景一物都逃不過他的眼睛。

隨著高度升高，青蘿公園在他眼裡就像一座縮小的模型。

綠色在無人約束的情況下，恣意隨處拓展地盤，攀爬上被遺留在公園內的各項設施；甚至

延伸至被地震撕裂的地面裂縫內。樹根將它們頂得更開，不平的地面就像一道道高低錯縱的山丘，各自盤踞在自己的地盤。

高甜說的沒錯，這裡的地形確實很適合拿來做訓練。

毛絨絨盤旋了幾圈，捕捉到毛茅那頭亮眼的紫色鬈髮。他心裡一喜，正要飛下去，驟然卻又發現了第三抹人影。

那人明顯朝著青蘿公園而來。

毛絨絨藉著綽綽樹影的遮掩，快速拉近與那人的距離。

那是一名有著金棕短髮的年輕人，看起來比高甜、毛茅再稍微成熟一些。氣質溫柔穩重，鼻梁上戴著的細框眼鏡爲他染上知性的書卷氣。

毛絨絨認出來人是誰了。

蜚葉高中除污社的副社長，蘇枋。

毛絨絨還記得高甜明擺著就是不待見蘇枋，所以不可能是高甜聯絡對方的。如果說蘇枋是碰巧來到這地方……從對方不見猶豫、一路朝青蘿公園直奔的腳步來看，也完全不符合。

所以……那名雄性人類來這裡究竟要做什麼？

毛絨絨想不透，但謹記著時衛與黑琅都曾說過的一句話。

「有麻煩丟給上司去處理就對了，不然要他們幹什麼？」

雖然他沒有上司，可是他有主人和陛下！

毛絨絨果斷掉頭，以最快速度找到了正努力進行障礙訓練的紫髮男孩。

「毛茅，有人來了！那個叫蘇枋的……蜚葉高中的人要過來公園這裡了！」

「哎？」掛在溜滑梯上的毛茅一驚，頓時滑了下來，蹲在下面的黑琅正好成了貓肉墊。

黑琅被壓得險些一口氣出不來。

毛茅沒有多關心剛被他一屁股坐到的胖黑貓——他家大毛皮粗肉厚的，這點小小傷害破不了他的防禦力——他迅速站起來，目光鎖住那隻來通風報信的小白鳥。

「怎麼回事？」

「不知道啊，我剛剛飛的時候看到的……那個人類看起來就是要來青蘿公園沒錯，難不成他和高甜有約好嗎？」

「不可能。」毛茅想也不想否決了這個可能性，「高甜分明是巴不得能和……」和蘇枋劃清界線，最好老死不相往來。

只是這牽扯到高甜的隱私，毛茅不打算說出來。

「毛茅？」

一貓一鳥瞅著紫髮男孩，等著他的決定。

「還等什麼？當然是趕緊回去了！」毛茅一手抄起一隻，火速往來時路衝了回去。

就算蘇枋來到此處的事看起來是那麼剛好，毛茅也很難相信那眞的是剛好。

他倒是可以相信，蘇枋要是有帶大腦在身上，那帶的絕對是顆爛掉的腦，才會做出那些舉止還不覺自己有誤。

「唉唉……」

「毛茅，你爲什麼嘆氣？」

「我在想，正常的腦子是個好東西，爲什麼偏偏人不一定有呢？」

頃刻間，毛茅就抱著兩隻寵物衝進了高甜的視野內。

黑長髮少女頓時瞇細眼，危險的冷光剛射出，就聽見毛茅扯著喉嚨喊：

「高甜、高甜！有人過來了！」

毛茅一見高甜無動於衷的表情，就知道對方沒放在心上——要不是有毛絨絨提前通知，他聽見這話也不放在心上的。

青蘿公園又不是國防重地，嚴禁其他人靠近。

所以毛茅果斷地將黑琅扔了出去。

「就是你了，大毛！」

「朕要吃光你的洋芋片喵啊啊啊啊！」

措手不及成爲空中貓球的黑琅憤怒尖叫，但當他撲至高甜面前，他馬上擺出高貴冷艷的姿態。

「那個纏人精，」黑琅微抬下巴，「來了。」

不待高甜思索出「纏人精」的身分，她的身後便傳來一聲柔和的招呼。

「嗨，高甜，沒想到能在這碰見妳呢。」

高甜墨色瞳孔猛縮，她霍然轉過頭。那抹被她視作洪水猛獸般的身影，就這麼出現在青蘿公園的大門處。

金棕髮色的俊秀青年緩步走了過來，臉上的笑容輕鬆溫和，似乎只是碰巧走過來，發現高甜才和她打招呼的。

「毛茅，你要信我，那名雄性人類的目的地一看就是這座公園！才不是巧合過來的！」毛絨絨連忙小聲向毛茅告狀，免得他被假象給騙了，「我剛看得可一清二楚了！」

「沒說不信，你待我頭上去。」毛茅吩咐，隨後拉起T恤的兜帽，將毛絨絨圓滾如球的身形遮住。

這樣就算毛絨絨要對他說悄悄話，也不用擔心被其他人發現異樣。

「高甜。」毛茅收起臉上的情緒，露出討人喜歡的笑臉。他再自然不過地走至高甜身畔，腳步特意往前踏了一步，讓自己的身子可以斜擋在高甜身前。

即使這已經不是毛茅第一次爲自己這麼做了，高甜仍然感到新奇。還有更難以言說的……

她也無法說明那究竟是什麼。

唯一能夠確定的，就是她一點也不反感。

也正因爲如此，她才會讓身高比自己足足矮上一顆頭的紫髮男孩，宛如保護似地站在自己前方。

見到紫髮男孩和黑長髮少女站得如此靠近，蘇枋眼中掠過一瞬不悅，但他隱藏得很好，在旁人看來他仍是斯文有禮。

「晚上好，毛茅。」蘇枋笑著也向毛茅打招呼，「眞巧，沒想到會在這邊遇上你們，你們是來這邊……」

「與你無關。」高甜冷硬地截斷了那還未成形的問句，將不與蘇枋多接觸這條宗旨發揮得淋漓盡致，「毛茅，我們回去。」

「沒問題。」毛茅沒問爲什麼，只是語氣愉快地說道。

「等等，高甜！」蘇枋急忙喊道：「我可以……」

「滾開。」那是高甜僅有的回應。

黑琅張嘴打個懶洋洋的呵欠，晃著尾巴，隨著毛茅踏出步伐。

蘇枋只能眼睜睜看著那兩人一貓直接繞過自己，離開了青蘿公園，留下他一人佇立在拉起封鎖線的這座廢墟前。

陰影像要將他吞噬進去，同時也模糊了他剎那轉爲陰鬱的表情……

蘇枋最後並沒有追著高甜的身影而去，他在青蘿公園外獨自站了一會，直到附近有車輛開過，打過來的車燈將那張俊秀面容映照得陰晴不定。

蘇枋像是被驚回了神智，畏光似地閉起眼。當他再睜開後，那雙深棕眼瞳絲毫不見陰影，溫暖得像盛滿午後陽光。

他邁步往另一個方向走。

雖然無法與高甜有更多時間相處，令人感到可惜，不過他也不會忘記每日的必備功課。晚間的跑步。

從口袋裡掏出耳機戴上，身姿挺拔的金棕髮青年加快步伐。他沿著路邊慢跑，螢光色的運動鞋沉穩又規律地踏上路面，再藉由反彈力道抬起，帶動全身肌肉，讓露在衣外的手臂繃出了好看的線條。

這一幕無疑成了晚間的一道風景，讓路過行人忍不住多看幾眼。

而隨著蘇枋挑的路線變得偏僻，投來的目光也漸漸變得少了。

他轉進一處鄰近河堤的住宅區裡，只有三三兩兩的住戶悠閒走著。

蘇枋毫不在意外在的注目變多或變少，他專心致志地在人行道上跑步，雙眼直視前方，周遭的音響都被他忽略過去，無論是人聲、車聲、夜間的鳥啼聲，或是……歌聲。

蘇枋腳步頓了下，但也僅僅一下而已。他沒有特意尋找歌聲從何而來，只當是其他人的手機或音響播放出的歌曲。

聽起來只是單純哼唱的歌聲很快又消失，取而代之的是有人快速說話的聲音。只不過那聲音太過含糊，最多只能分辨出是女孩子所有。

蘇枋眼中晃閃過驚愕，說話聲居然是從他的耳機裡傳出來的。他不由自主地停下跑步，將一邊耳機扯下，試圖確認聲音的來源。

沒了耳機，蘇枋聽見的是潺潺的流水聲，還有幾名經過他身旁的年輕人發出的笑鬧聲。那些都不是少女的聲音。

而略帶憂鬱哀愁的少女嗓音對蘇枋來說則是全然陌生，他不曉得對方究竟是誰。

怎麼回事？蘇枋心裡湧上狐疑和困惑。他很確定他這副耳機接收到的應該是……難道是電視的聲音嗎？或是電腦播放影片？

不待他想出個所以然，猶掛在左耳上的耳機突然間爆傳出一聲驚恐至極的女性尖叫。

同一時間，離河堤不遠處的小巷內，亦傳出了彷彿目睹恐怖事物的尖叫聲。

兩道尖叫沒有時間差地響起，除了一個來自耳機裡，一個來自小巷內。

蘇枋臉色驟變，顧不得自己還在運動，他將另一邊耳機也扯下，避免妨礙，旋即不假思索地拔腿就往某個方向衝出去——卻是將那條傳出年輕女孩尖叫的小巷甩在後頭。

蘇枋心臟急促跳動，一下下猛烈地撞擊著胸腔。不安和緊張有若看不見的藤蔓，將他整個人密密麻麻勒住，讓他呼吸困難。

此時此刻，他的腦海中就只有一個名字。

高甜、高甜、高甜、高甜、高甜……

耳機裡的尖叫是高甜出事了嗎？她明明是回家了，家裡不應該很安全嗎？

爲什麼……爲什麼她會發出那麼害怕的尖叫？

過多的可怕猜想壓得蘇枋喘不過氣，他奮力邁開一雙長腿，三步併作兩步地趕至了他的目的地。

綠回大地。

穿著制服的管理員正與人站在大樓外講話，沒留意到進出大廳的是哪些人。

蘇枋放慢腳步，不讓自己顯得慌慌張張。等到就算管理員回頭也看不見自己的身影，他立刻加快速度，匆匆跑向了B棟大樓。

找出隨身攜帶的感應釦，他猛力拉開不鏽鋼大門，幾個階梯被他一口氣大步跨過。

蘇枋記掛著方才聽見的尖叫，偏偏電梯正從高樓緩緩降下。他心急如焚地瞪著那慢吞吞變化的數字，恨不得電梯門能馬上就在眼前開啓。

好在電梯沒有在中間樓層停太久，總算在蘇枋心一橫，打算直接跑上樓梯的那剎那來到一樓。

「叮」的一聲，電梯門朝兩側退開。

蘇枋焦躁得連電梯內是否還有人都沒確認，一個箭步就要衝了進去。要不是那抹正好要走出的人影閃得快，兩人恐怕就是重重撞在了一塊。

「哇啊！」甫出電梯的年輕女孩嚇得連拍胸口。她鼓足了膽量，想向對方表達自己強烈的不滿，沒想到一抬頭，望見的是張熟悉的臉孔，「蘇……蘇枋學長!?」

聽見自己名字的蘇枋愣了愣，這才注意到從電梯走出來的人竟是艾葉。

褐髮少女手拎著一包垃圾，瞪圓的眸子傻傻地看著蘇枋，好半晌才回過神地驚呼，「學長，你怎麼會在這裡？你是怎麼……」

「我是跟著你們這的住戶進來的，對方直接走樓梯上去了。」蘇枋迅速冷靜下來，合情合理地解釋道：「抱歉，我知道這樣不太恰當，但我擔心高甜……」

「表姊？表姊她怎麼了？」艾葉嚇了一跳，忙不迭追問。

「我剛在跟她通電話，然後忽然聽到尖叫聲……電話就斷了，我不曉得她那邊發生什麼事，所以才急著趕過來。」蘇枋語速加快，眼裡的焦灼幾乎要滿溢出來，「艾葉，妳可以陪我上樓看看嗎？」

青年臉上的心焦不似作假，這讓艾葉跟著擔心起高甜的狀況。

一聽到蘇枋如此央求，她二話不說地領著人進入電梯，感應釦一刷，重新按下數字鍵。

來到高甜居住的十一樓，艾葉率先去按門鈴，但遲遲沒有人前來開門。

「學長，我表姊好像不在家耶……」艾葉困惑地說。

「這……我之前打電話給她時，她確實是在家的，不過我跑過來這裡也花了不少時間。」蘇枋眉頭蹙緊，「會不會……」

「該不會表姊又跑出去了？」艾葉自動補全蘇枋未竟的話，「不然我打手機給她好了！」

「艾葉，妳打給她的時候，能不能……別提到我？」蘇枋露出一絲苦笑，「我似乎又惹她生氣……我不想她的心情變得更不愉快。」

艾葉比了一個ＯＫ的手勢，心裡則想著：高甜果然只是在別人面前才對蘇枋學長態度惡劣了點，私底下還是有跟學長聯絡的。

撥打出去的手機很快就被人接通。

「什麼事？」高甜不拖泥帶水，冷冽地直問重點。

「呃、呃……」像被那語氣裡的冰冷凍到，艾葉一時語塞，一會後才吞吞吐吐地問，「高甜，妳在家嗎？我……我有多買一盒冰棒，妳要嗎？」

「不在，不要。」高甜的回答很簡單，隨即便不近人情地掐斷了通話。

艾葉連「等一下」都來不及喊出，手機裡已傳出了「您的電話將轉接到語音信箱」的機械女音。她連忙在螢幕上一劃，讓自己這邊也結束通訊。

「艾葉？」蘇枋關心地問道。

「那個……」艾葉乾巴巴地說，「表姊也掛我電話了……不過她人的確是在外面。學長，會不會是你聽錯了？在我出來倒垃圾前，我都是待在屋子裡的，我就沒聽見樓上有什麼聲音傳出來……」

「這樣嗎？」蘇枋喃喃地說。注意到艾葉好奇的眼神，他露出溫和的笑意，「看樣子，應該是我聽錯了沒錯……不管怎樣，高甜沒事就好，也很謝謝妳幫我的忙。」

「嘿嘿，爲了你和表姊，我很樂意的！」艾葉頰邊浮現兩個甜甜的酒窩，還俏皮地擺了一個敬禮手勢，「學長，請叫我紅娘小分隊！」

雖說心裡的疑雲還未散去，但蘇枋仍是被艾葉的舉動逗笑。

沒想到就在這時候，對面屋子霍地打開大門，一名看似大學生年紀的年輕男子走了出來，身後是一片鬧哄哄的嬉笑聲。

他一見到艾葉和蘇枋站在走道間，臉上原本掛著的笑容頓時僵成尷尬。

「呃，不好意思……不會是我們太大聲，吵到你們了吧？」他似乎將艾葉他們當成了對面的住戶，趕緊連連道歉，還不忘回頭朝屋內一吼，「喂！你們小聲點啦！吵到鄰居了！都叫你們剛剛不要鬼吼鬼叫了……」

屋裡先是傳來幾聲抱怨，隨後一群人的音量降低了不少。

艾葉靈光一閃，「那個，你們之前有人尖叫嗎？我是說女孩子。」

男大學生看起來更尷尬了，「眞的吵到你們了啊……對不起，我們在慶生，大家玩得有點嗨了，所以才會沒控制好音量……我們待會會更注意的！」

艾葉連忙擺擺手，表示自己沒放在心上，接著她小聲地對蘇枋說：「學長，原來尖叫聲是這麼來的啊……這下你不用擔心了。」

蘇枋的一顆心確實放下了，他回予一抹和煦的微笑，同時在心裡暗暗下了決定。

這樣還不夠。

完完全全還不夠。

爲了不再爲高甜的安全提心吊膽，必須……要再更加掌握住對方的動向才可以呢。

當毛茅和高甜聽見年輕女孩的尖叫時，他們才剛結束特訓不久，正在回程路上。

由於緊鄰河堤邊，濕冷的水氣混著空氣被捲上，替夜晚增添了一抹涼意。晚風襲來，吹得人忍不住想縮縮脖子。

附近人煙和車輛都稀少，這裡是個入夜便冷清許多的區域。

也正因爲如此，那聲尖叫才會格外響亮，像把銳利的刀，將安寧的夜色切得七零八落。

毛茅和高甜一愣，他們對視一眼，緊接著不由分說直接往尖叫聲的方向飛奔而去。

黑琅和毛絨絨緊追在後。

憑藉著身高腿長的優勢，高甜比毛茅還要快一步找到了尖叫聲的源頭。

就在一條路燈明滅不定的長巷裡，時明時滅的燈光下，一名穿著榴華制服的女學生面色蒼白地跌坐在地上，書包掉在她的手邊。

「啊！」突然現身的人影讓女學生驚促地又發出了一聲叫喊，直到她看清來人是誰，才劇烈地喘了口氣，露出劫後餘生般的表情，「高……高甜同學……」

「原來妳眞的挺有名的耶。」毛茅驚奇地看著高甜。

高甜沒理會，她往前走了幾步，又忽地停了下來，側頭朝毛茅使了記眼神。

那意思很簡單，就是——

你來。

高甜對自己的毒舌相當有自知之明，她不想在別人驚魂未定的時候，又帶給人壓力。

毛茅比了一個沒問題的手勢，帶著黑琅一起走向那名受到驚嚇的女學生。

「喵。」黑琅先低喊了一聲。

果然立刻吸引女學生的注意力。她看著那隻過胖的大黑貓，不由得有些想笑，這抹湧上的笑意霎時將她的驚悸沖淡不少。

「啾。」毛絨絨也不落貓後，撲騰著刷存在感。

小動物的存在很大程度地安撫了女學生的情緒，她眉宇間還有淡淡的不安，但她試著對毛茅擠出了微笑。

「晚上好。」毛茅開朗地說。他在仍穿著制服的短髮女孩面前蹲下身，將掉在一旁的書包撿起遞給對方，「發生什麼事了嗎？」

或許是紫髮男孩外表稚嫩，令人想到鄰家弟弟——那雙圓滾的眸子在眼尾處微微挑揚，和他腳邊的黑貓有幾分相像；加上那張討喜的可愛臉蛋，這一切很容易就讓人放下心防。

短髮女學生無意識抱緊書包，試圖拼組出話語，「剛剛……有個很奇怪的女孩子，金色頭髮，頭髮很長、很長、很長……」

黑琅扭頭打了個呵欠，將含糊的吐槽一併吞下。

是能有多長？長得把這條路都淹了嗎？

毛茅似乎聽到黑琅的心聲，隨手就往那顆黑腦袋一拍，換來黑琅惱怒的喊聲。

「然後呢？」高甜沒有特別走近，她淡淡揚聲問，視線謹慎地巡視四周。

短髮女孩的嗓音有絲恍惚，「她是突然出現的，她……她好像問了我什麼……我記不太清楚了，然後她的頭髮……就像活的！」

她的語氣驀地轉成激動，伸手用力抓住毛茅的手，「真的，我沒騙你們！她的頭髮會動，還纏住我！我被她的頭髮纏得緊緊的！」

「嘿、嘿，冷靜些。」毛茅臉上笑意未退，彷彿沒感受到手腕上的劇烈力道，只不過那雙金瞳裡掠過犀利，他回頭望了一眼高甜。

高甜走上前，「妳現在有哪裡不舒服嗎？還記得那個女孩子長怎樣嗎？」

冰冷的語氣，似乎拉回了短髮女孩的神智。她先是搖搖頭，表示自己並未感受到哪裡疼痛，接著她想回答高甜的第二個問題，然而她無意識游移的視線驀地定格在某一點。

她牙齒格格打顫，目光穿過了毛茅和高甜，原本恢復的血色急遽從她臉上褪下。她面色恐懼，從喉頭擠出的聲音像被看不見的繩子緊緊絞住。

破碎又尖細。

「就……就是她！」

女學生尖叫，手指猛力往前一比。

「就是她——」

毛茅他們心下一震，反射性回過頭。

黑琅和毛絨絨幾乎本能地擺出了威嚇的姿態，一個尾巴高豎，全身炸毛；一個張開雙翅，鳥喙張大，瞳孔收縮。

一貓一鳥皆是嚴陣以待，凶悍地瞪視著那令他們打從心底反感和排斥的存在。就在陰影交錯的巷口處，一名神情看似哀愁的金髮少女，就靜靜地站立在那。

一頭長度驚人的滑順金髮垂落至地面，在她腳邊蜿蜒堆集，就像一道凝聚著最燦爛日光的金色河流，在夜色中閃閃發亮。

少女穿著一襲平肩短洋裝，露出線條優美的肩頭。裙身被一片片碧色層層簇擁，乍看下彷彿團出了一朵朵盛綻的薔薇花。數條細繩將她腰肢勾勒得異常纖細，它們垂墜下來，末端繫著小巧齒輪。

在九月天的夜晚，少女打著赤腳，踩在柏油路上。腳踝繫著碧色緞帶，形狀圓潤的腳趾頭就和手指甲一樣，皆塗上一抹淡綠。手上則抓扯著一條和她髮色同樣耀眼的金黃鎖鍊，粗重的鍊身拖曳至地面。

但在她出現之前，毛茅他們完全沒聽見鎖鍊拖地的聲響。

金髮少女微垂著眼，長長的眼睫毛半遮著深紫色的眼眸，似乎下一秒就會傷心難過地落下淚水。

可讓人毛骨悚然的是，即使那張精緻的臉蛋布滿愁緒，那雙像紫水晶般的眼眸內卻是一片空洞，沒有溫度，沒有情感，就像是鑲嵌了兩顆無機質的剔透玻璃珠。

她明明有著少女的外形，可全身散發出的古怪氛圍，無一不透露出一個事實——

她不可能會是人類。

「臥槽，那頭髮……」毛茅喃喃地說，「那長度要花多久的時間，才能洗好吹乾啊……」

「天啊！這時候是說這個的時候嗎？」毛絨絨差點繃不住極力撐起的氣勢，他不敢置信地瞪著毛茅，「就算那頭髮看起來很好摸，雖然還差我一點，但重點是……」

「重點是你怎麼活到現在，而不是蠢死的？」黑琅陰沉沉地說，兩隻金黃的眼珠子在夜間就像兩簇嚇人的鬼火，「以後出門不准說是朕的儲糧，簡直丟朕的臉……不，朕還是現在立刻就把你吞了吧！」

「咿！咿！我又做錯了什麼啊？」毛絨絨嚇得再也繃不住威嚇敵人的姿態，他翅膀一垮，眼裡迅速浮出一泡淚水。

很快地，就有人告訴毛絨絨他究竟做錯了什麼。

「鳥、鳥會說話!?」短髮的女學生目瞪口呆地看著好似一顆圓球的白鳥，又惶惶地看向口吐人言的大黑貓，「貓也會說話!?」

毛茅嘆口長長的氣，「啊啊，我怎麼有那麼蠢的寵物，還一蠢就蠢兩個。」

「毛茅！」黑琅和毛絨絨異口同聲地吼，前者是怒氣沖沖，後者是委屈巴巴。

吼完後，毛絨絨這才霍然意識到，自己方才在毛茅以外的人面前開口說話了。

他說話了……他用鳥的型態說話了！他會不會明天一早就被人抓去實驗室做研究!?毛絨絨心裡發涼，豆大的淚珠剎那間啪噠啪噠地掉下。

「我可以解釋。」毛茅朝高甜舉起兩隻手，娃娃臉上堆起甜甜的笑容，「在我們先解決這些事之後，妳意下如何？」

高甜雪白的面容上讀不出波動，彷彿一隻鳥會不會說話，對她而言毫無關係。打破靜默的，是一陣鎖鍊拖地的噹啷聲。

陰影中的金髮少女往巷內踏出了一步，她嘴唇開闔，逸出細碎的話聲，她就像在對某人竊竊私語地說：

「我想吃、我想吃，我可以吃那個嗎？」

「不吃的話我會死的。」

「我好想好想好想吃掉，把那個吃掉。」

「給我吃好嗎？不然我會受不了的。」

「拜託了、拜託了，讓我吃。」

她終於走進了長巷裡，金髮像活物般在她身周流動，為那雙白皙的腳留下了空地。她的視線越過了毛茅，彷彿將之當成空氣，紫色玻璃珠似的眼睛只注視著其中的兩名女孩。

「妳看到了對不對？」金髮少女幽幽地問。

這問句太過似曾相識，即刻勾起了毛茅的回憶。

小紅帽當初也是這麼問過林靜靜的。

心念電轉間，毛茅按下手上金屬環的晶石，完成了一鍵換裝。

將短髮女孩震駭的抽氣拋在腦後，毛茅拉下掛在帽簷邊的護目鏡，視野內頓時變了樣。

金髮少女腳邊被特意圈出來的那塊空地，不再是深灰的柏油路，竟遍布著鑽出縷縷菌絲的青白色黴斑……

毛茅金瞳驟然收縮。能夠自帶污染在街上走的……眼前少女的身分，八九不離十和小紅帽一樣，都是人形污穢！

「妳看到了對不對？」毛茅立刻轉頭，衝著短髮女學生問出和金髮少女相同的疑問，「她的腳邊有東西？」

女學生腦袋亂成一團，過多匪夷所思的畫面讓她難以思考，只能反射性乾巴巴地擠出話，「白、白色的……還有綠色的，像發霉一樣……」

黑琅發出響亮的咂舌聲，他也明白過來眼下是怎麼回事了。

人形污穢在狩獵有契魂的獵物！

金髮少女似乎沒聽到那些話，她蹙攏著細細的眉毛，憂愁地說：

「讓我吃掉你們的血與肉與契魂好嗎？」

面對這殘酷血腥的問句，毛茅的回答是——

「嗯，妳覺得我們像傻的嗎？」

幾乎毛茅尾音方落，高甜疾速出手了。

她抓住從影子裡脫出的一把凜凜長刀，飛身逼近陰影中的金髮少女。她的身形如同奪目流星，鋒利劃開夜氣。

另外五把衝出影子的長刀，跟著竄射向拖著金黃鎖鍊的金髮少女。

同一時間，毛茅也猛地一個手刀劈昏與自己同校的女同學。將對方擺了個舒適的姿勢，轉身加入戰圈。

「毛茅！」毛絨絨心裡很著急，不願讓毛茅單身赴險，「那個人、那個人……和小紅帽一樣……」

是危險的！是非人的！

是令他感到排斥及厭惡的！

「別管那個活像是長髮公主的傢伙了，朕命令你顧好那名雌性！」黑琅尾巴強勁一抽，將毛絨絨搧了回去。

既然女學生還能看見污染具現化的黴斑，就代表著她的契魂還在身上，沒被人形污穢挖走吃掉。

毛絨絨在地面滾了一圈，變回人形。

黑琅說的，他也想到了。他勉強按壓下滿腔的憂慮，看著毛茅開啓回收場，讓數也數不清的光絲飛向四面八方，在空中編織出一個個網格。

一個巨大光牢眨眼罩下。

豐富的色彩快速退去，灰與藍迅雷不及掩耳地取而代之，刷上了周遭一切景物，使這裡成爲一個淺灰與深藍的雙色世界。

一身雪白的白髮少年堅守在原地，不敢忘記自己肩負的重責大任。

一，不能讓那個長髮公主再折回來。

二，要是女高中生甦醒了……就再用力敲暈她！

柄間裝飾華麗的長刀與金色鎖鍊撞擊在一塊，噴濺出火星和刺耳的音響。

一把刀被攔下，還有五把刀高速直衝向金髮少女。

本來安靜蟄伏於少女腳邊的金黃髮絲驟然暴起，它們像被激怒的群蛇，將那些飛來的利器纏捲了一層又一層，卻在猛力施力絞緊的瞬間，失去五把長刀的蹤跡。

消失長刀一晃眼就回到高甜身側，像朵盛綻的花浮立在空中。

高甜依然面無表情，可眼裡燃上了狂氣，讓她那雙黑眼珠熠熠逼人。

沒有多餘的話，黑長髮少女提刀再次迅如雷般向前，刀刀皆往人體致命處砍下。

只不過幾個眨眼時間，長刀和鎖鍊便交撞數十回合，尖利聲響幾乎刺痛聽者耳朵。

「大毛！」在毛茅閃身強勢切入高甜與金髮少女中間的剎那，黑琅的身軀已完成了從霧化到凝成長鞭的過程。

高甜生生收住攻勢，黑眸凌厲得像能刮下人的血肉。

毛茅一手擋在高甜面前，一手握緊長鞭，快狠準地朝金髮少女臉面抽去，數片光羽同時自鞭身末端伸展。

一旦碰觸上目標，就能使之皮開肉綻。

金髮少女立即放棄與紫髮男孩硬碰硬，她的身影頓時瓦解成大量金黃絲線，和盤踞路面的金髮混爲一體。

那些金髮就像是無止盡地增加再增加，有如潰堤的河流洶湧沖來，一下就將路面淹沒。

不管站在地上哪裡，都會被層層金髮纏繞住。

不只如此，這裡的樹梢、電線，以及路燈上，全垂掛了眾多金黃色絲線。那些金絲千纏百繞，猶如在等著獵物一步步自投羅網。

毛茅反應靈敏地選了一輛車車頂。

高甜則落足在路邊的機車椅墊上。

下一剎那，柔軟卻又不帶絲毫感情的嗓音，伴隨著吐息拂上了高甜頸後。

「妳好香。」

重新聚形的金髮少女赫然倒掛在錯縱交纏的金絲上，像隻無聲無息的大蝙蝠。那張美麗的臉蛋上依舊神情哀愁，眉宇微蹙，而紫藤花色的眸子也依舊像無機質的死物。

「我想吃、我想吃，我非吃到不可。」

「我會吃到的。」

如同玫瑰花瓣的柔軟嘴唇，近得幾乎貼上高甜的耳殼。

「我要把妳留在最後一個。」

「我，」高甜面不改色，語氣森冷地說道：「討厭有人靠我那麼近！」

尾音揚高的話聲驟落，數把鋒利長刀挾帶銳意高速飛來。

如果不是金髮少女閃躲得快，只怕身上就要被刺出多個窟窿。

抓緊金髮少女的注意力被長刀引走那瞬間，漆黑長鞭風馳電卷地纏上了她的一隻腳踝。

眼看就能將人狠狠地扯拽下來。

然而令毛茅大感震驚的事在眼前發生了。

他確定自己力道控制得當，鞭子最多是扯下人，而不是生生扯斷那隻白皙的腳踝！

「臥槽！」毛茅驚得脫口吼道，金黃眼眸瞪得圓滾。

就算沒有鮮血四濺，但這感覺簡直就像玄幻片當場變成了血腥恐怖片！
饒是毛茅的心理素質再強大，當下也忍不住手一抖，本來要再追擊的長鞭失了準頭。
金髮少女沒有錯放過這個機會，旋即趁隙脫逃出回收場。
留下那一截右腳踝掉落在深藍色的地面上。
然後，變成了一隻布娃娃的腳。
仰頭望著空無一人的淺灰天幕，毛茅重重吐出一大口氣，確定就算把脖子都拉到抽筋了，也沒辦法把人給看回來。
事實明擺著在那。
那名人形污穢逃跑了。
「眞是……」毛茅用力揉揉自己的臉，解除了回收場，他手上的鞭子也消失蹤影。
一隻過胖的黑貓輕巧無聲地踩踏在柏油路上。
四周景色也恢復了最初的色彩。
「毛茅、毛茅！」毛絨絨立刻朝那抹跑至巷外的矮小人影揮動手臂，「打贏了嗎？」
如果毛絨絨沒有喊這聲，高甜或許沒那麼快轉頭，而是繼續檢查周邊是否留下蛛絲馬跡。
但少年的聲音讓她下意識回過頭，然後一抹原先不存在的人影，就這麼撞進了她眼裡。
柔軟的雪白髮絲、水汪汪的藍色大眼睛，戴著毛茸茸耳罩的白髮少年如同以棉花糖堆積而成，又軟又綿又好欺負。

少年跪坐在地上，現在正露出驚慌失措的表情。垂在地面的幾條長長衣襬，令人想到鳥類的尾羽。

雖然很不可思議，但高甜幾乎立刻就聯想到被毛茅留下的那隻雪球鳥。

「毛茅……」被高甜鋒銳似刀的視線盯得心裡發毛，毛絨絨心慌意亂地用氣聲向紫髮男孩求救，「我、我要變回鳥的樣子嗎？」

然而這氣聲聽在耳力敏銳的高甜耳中，無疑和普通人說話差不多。

「啊啊……」毛茅搗著額角，長嘆口氣。

黑琅從來不懂得何為婉轉，他尖酸刻薄地說，「你真的該是蠢死的。大腦是個好東西，你一隻鳥居然連這點東西都沒有？朕實在失望至極，朕要叫人把你拖去斬了！」

在毛絨絨爆出哭號之前，毛茅眼明手快地搗上對方的嘴巴，不忘公平地捏了一把黑琅的屁股。

「你們兩個都別吵，五十步笑百步。」毛茅沒好氣地說，接著認命地轉頭面對高甜鋒利的目光。

「你的鳥。」和初見鳥形毛絨絨的開場白一樣，只是高甜這一次使用的是不容置喙的肯定語氣。

「嗯……是的。」毛茅沒掙扎地承認了，「我覺得既然我逃不過向社團坦白，不如就把解釋留到那時候，再一次性地統一說明好嗎？」

對於這點提議，高甜爽快地沒有做出任何爲難。

暫時獲得緩刑的毛絨絨也鬆口氣，他拿開毛茅的手，細聲細氣地問：

「那位長髮公主呢？」

「跑了。」毛茅掏出唯一獲得的戰利品，一隻布娃娃的腳，「只留下這個。」

「這是娃娃的腳吧？」毛絨絨好奇地接過來翻看，眼尖地發現到棉絮裡好像還塞著什麼，「毛茅，這裡面有東西耶！」

毛絨絨用手指摳出來的，是一個大約三到四公分大小的黑色扁平物體，外殼像是塑膠一樣平滑，有幾條細細的接縫。

「這什麼呀？」毛絨絨舉高黑黑的小東西，納悶地注視著，「好像還可以把蓋子摳開？」

「我看看……」毛茅將那個微型小盒接過，依著接縫打開了上蓋，映入眼內的物品頓時讓他眉毛緊皺起來。

就連高甜也面色森寒。

那裡面塞的，是一張ＳＩＭ卡。

「毛茅？」毛絨絨嗅到氣氛不對，卻不曉得緣由。

「沒看過鳥被揍，也該吃過鳥肉。」黑琅看毛絨絨的眼神就像看一塊朽木。

「嚶，我明明一天到晚都有看過的，還是我自己親身體驗……」毛絨絨心酸地吸著氣，「而且爲什麼要強迫一隻鳥吃鳥肉啊！」

「毛茅，以後有烤雞、炸雞、醉雞、三杯雞、香菇雞都不用給這隻蠢鳥吃了！省伙食費！」黑琅馬上鼓吹一家之主。

「不不不！要吃的，我要吃的！陛下你剛說什麼都是對的！」毛絨絨大驚失色地力挽狂瀾，不吃雞肉，鳥生還有什麼樂趣？「啊，我懂陛下你的意思其實是想說沒見過豬跑，也吃過豬肉……所以這是很常見的東西嗎？」

見毛絨絨小心用指尖戳著那個露出ＳＩＭ卡的小方盒，毛茅沒多賣關子，「是竊聽器。」

「喔，原來是竊……竊聽器！？」毛絨絨愕然拔高尾音，水藍色的眼睛瞪得圓滾滾，「誰會那麼變態在人形污穢的腳踝裡放竊聽器？好獵奇喔！」

這無疑也是在場其他人的心聲。

「我猜，放的人肯定不曉得這隻布娃娃的眞面目是什麼吧，估計就是把它當成了普通玩偶，然後放進竊聽器。」

「然後以不普通的變態心理，偷聽受害人甲乙丙丁的生活日常。」黑琅一臉漠然地作結。

「眞噁心。」高甜只給出了這三個字。

「不能同意更多了。」毛茅將竊聽器扔地上，一腳踩下，不客氣地碾壓幾次。確定成廢棄品後，還不忘將垃圾撿起來，「雖然不曉得是誰在竊聽，被竊聽的又是誰……不過就這樣處理吧。再來是……」

毛茅的視線落在那名仍然失去意識的女學生身上，再轉向了高甜。

那雙金眸只是眨了眨，但好似有千言萬語。

高甜有些詫異自己居然能看懂，那是一排排的「拜託了」、「拜託了」、「拜託了」、「妳肯定有辦法的對吧？」

高甜確實是有辦法。

她從自己包包裡掏出了一個小瓶子，走到那名女學生身前，朝對方的臉直接噴灑了一陣無色無味的水霧。

毛茅眼睛緊黏著那個小瓶子不放，「那是什麼？」

「止汗劑。」高甜將瓶身拿高，讓人看見上面的字眼。她望向毛茅的眼神，有如在反問「你眼睛瞎了嗎？」。

「毛茅，這是少女夏天必備的神器啊！」毛絨絨高昂地說。

「現在是秋天。」黑琅不給面子地拆台。

「這是少女夏天和秋天都必備的神器啊！」毛絨絨語氣未變，像在歌頌一件偉大的發明。

毛茅咧嘴笑了笑，然後直接無視毛絨絨，直望著高甜，「止汗劑不能噴臉的，這點常識我還有的。」

「那菜鳥不能越級打怪的事呢？」高甜面無表情地看回去，不等毛茅求她別再捉著這點不放，她嘴角不甚明顯地勾揚一下，「我開玩笑的。」

「這……她很顯然沒有開玩笑的天分啊，毛茅。」毛絨絨湊到毛茅耳邊，對他說著悄悄話，「你覺得我要不要借她《笑話大全》……不、不，還是不要好了，我不能讓第三名寵物來跟我搶地位。」

「請，」毛茅笑咪咪地說，「滾到那邊去，現在。」

毛絨絨捧著受傷的心，「砰」地變回鳥球，嚶嚶嚶地滾到一旁了。

「我猜這是木學姊曾提過的，能夠模糊一般人記憶的工具？」毛茅說，「好用嗎？方便嗎？」

「你可以試試，親身。」

「唔，那還是免了。那我什麼時候也能有一個？我可以建議他們開發出有香氣的嗎？這樣被噴的人也會心情愉快的。」

「等社長說可以的時候，可以。」高甜頓了頓，替自己的第二個回答做補充，「除了食物香氣以外。怕有人肚子餓時，忍不住先對著自己噴了。香雞排味的特別容易出這問題，烤肉味的和爆米花味的也會讓人有些控制不住。」

毛茅決定還是別問高甜爲什麼會那麼了解好了。他滑開手機的螢幕鎖，開始給除魔社的群組發訊息，大致報備他和高甜今晚遇上的事。

想到那多得像能將人溺斃的長長金髮，以及黑琅無意脫口的那個稱呼。

再想到第一位打扮活像是小紅帽的人形污穢。

毛茅毫無猶豫地在對話框裡輸入四個字，給予第二位人形污穢一個方便稱呼的代稱。

——長髮公主。

第九章

所謂的三堂會審，大概就是現在這樣的感覺吧？

毛茅縮著肩膀，微低著頭，金黃色的大眼睛似乎是小心翼翼地朝上瞅著人，雙手還規規矩矩地擱在大腿上。襯著他那張可愛的臉蛋，只差沒整個人寫著大大的「我很乖」三個字。

但即使毛茅努力表現出乖巧模樣，也不能阻止一道道視線如雷射光般聚焦在他身上。

投來視線的，是坐在會議桌另一端的除魔社學長姊，外加一名剛從實驗室撥冗過來的指導老師。

澪蘭一身濺滿各色染劑的白袍，其中紅色所佔面積最多。倘若再多一些，就可以和伊聲的紅袍媲美了。

在毛茅的左側方，坐著一名擺出和他同樣姿勢的白髮少年。

只不過相較於毛茅是裝乖……

白髮少年是抖得似乎下一秒就會縮到桌子底下，把自己藏起來。他的藍眼睛被霧氣覆蓋，彷彿隨時會有液體滿溢出來，化成一顆顆淚珠。

黑琅則大剌剌地佔據在會議桌上，扭個身，攤露出他黝黑的肚皮。

但只要有毛茅以外的手試圖伸過來，就會立刻被那條長尾巴粗暴地打落，嚴禁他人越雷池一步。

他高貴的貓軀，豈能讓無知民眾說摸就摸的嗎？

唯一和毛茅同年級的高甜，在旁邊當著旁觀者。她抱著不知道怎麼帶進學校的一桶爆米花，卡滋卡滋地吃著。動作有點猛烈，彷彿爆米花和她結了什麼仇恨。

甜甜的焦糖香引得毛茅忍不住吸溜了一下口水。

好香啊，好想吃……不知道拿洋芋片出來吃可不可以？這時候，毛茅格外想念自己從家裡帶來的焦糖口味洋芋片。

但似乎是察覺到他的蠢蠢欲動，有人冷不丁開口了。

「小不點。」時衛托著下巴，「你是要自己說，還是當事人來說？」

「是當事鳥啦……」毛絨絨緊張地打了一聲嗝。他這一出聲，瞬時讓所有目光齊齊轉向，改火力集中地盯住他不放。

毛絨絨慌得連衣襬處那幾條長布料都要像羽毛炸起般，連忙再淚汪汪地看向毛茅。

雖說高甜昨晚並沒有表態會不會將毛絨絨原來是一隻鳥的事呈報上去，但爲了以後行事方便，毛茅決定還是自己先據實以告。

當然那個「實」……多多少少還是會打些折扣的。

於是這才有了眼下疑似三堂會審的這一畫面。

澤蘭的眼神是十足十的科學家，充滿著實驗精神；時衛心不在焉，一半心思其實放在手遊今天的限定抽卡上；木花梨思索著待會能不能上前抱抱那名手感很好的白髮少年。

而重感冒終於好了幾分的白烏亞，默默地收回被貓尾巴抽出紅痕的手。

毛絨絨又有點想哭了，照理說這時候氣氛不該是很嚴肅嚇人的嗎？不是該咄咄逼人地質問他的來歷的嗎？

爲什麼除魔社的人都不按常理來……

「毛茅……」毛絨絨委屈地說，「我覺得自己沒受到重視。」

「別在意。」毛茅安慰地拍拍他的肩，「你去校長的實驗室關幾天，就會明白重視的感覺是長怎樣的了。」

澤蘭適時給了毛絨絨一抹溫柔和善的笑容。

毛絨絨寒毛倒豎，快如脫兔地迅速跳起，縮在毛茅背後瑟瑟發抖。

「不爭氣的東西。」黑琅嫌棄地說，他換了一個姿勢，兩隻腳掌交疊，頭抬高，宛如在模仿人面獅身像，「你們想知道那傻鳥是什麼東西？他就跟朕一樣，只不過是個失敗品。」

「失……失敗品？我!?」毛絨絨吃驚地嚷。

「你能變武器嗎？你能跟毛茅一起打怪嗎？你能像朕貌美無雙嗎？」見毛絨絨下意識連連

搖頭，黑琅嗤笑一聲，「這樣還敢說自己不是失敗品？」

毛絨絨被說得信心全無，恨不得抱頭縮到角落去。

毛茅只是乖巧地微笑，認真當一名安靜的美少年。

「他能變成人。」高甜無預警地插入這場對話。

「呿，只是更佔空間而已。」黑琅不屑地反駁，貓掌不耐煩地在桌面拍了拍，「還有啥要問的，無事就給朕退朝去，朕的時間很寶貴的啊！」

「我很好奇……」澤蘭說，「像你們這樣的存在還有多少？科研部的檔案上沒留下關於這方面的記錄。」

「五、六個以內吧。」黑琅慢條斯理地舔舔爪子，斜眼睨視，「凌霄以前是這麼說，朕聽聽就當放屁了。反正像朕如此完美的，就只有朕一貓。」

毛絨絨從打擊中回復過來，他眼帶崇拜地看著把謊言捏造得有模有樣的黑琅。

不愧是自稱「朕」的貓咪，太厲害了！

事實上，毛絨絨已經和毛茅他們商量過了。就算他自己老實說出失憶的事，估計還是沒人會相信，倒不如直接編個讓人覺得合情合理的謊。

舊版的仿生契靈，就是最適合的掩飾身分了。

反正曾參與這項實驗的人大多不在協會了，真要調查也得頗久的一段時日。

再不行，就想辦法聯絡上毛茅的養父，讓他來替毛絨絨背書。

黑琅當時就邊伸懶腰，邊懶洋洋地說，「那個兒控，毛茅說什麼他都會說是對的。」

毛絨絨對那只聞其名、不見其人的養父先生，是越來越好奇了。

「所以結束了嗎？」時衛還是維持著一手托下巴，一手點著手機螢幕的姿勢，「還是說，澤蘭老師還須要充分地彰顯出老年人的特色，繼續碎碎唸？」

「你這副沒骨頭的模樣，倒是更像進入老年期了呢，時衛。」澤蘭微笑地戳了回去，他食指屈起，敲敲桌面，「還有件事要跟你們說，這是經過協會一致商討後決定的。」

沒想到會聽見「協會」兩字出現，那些明目張膽開小差的視線，不約而同地移了過來。

澤蘭悠然地說，「有關人形污穢，上面的人認爲『人形污穢』太繞口，簡單有力的稱呼才能加深印象。鑑於至今出現的小紅帽和長髮公主都是女性，姑且就先統一稱她們爲——」

「魔女。」

「呃……萬一之後出現男的呢？」毛絨絨展現求知欲。

「等到男性數量超過女性，他們就會再開一次會討論了。」澤蘭說。

「……他們爲這個稱呼開會多久？」時衛勉強自己再多分出一絲注意力。

「聽說三天。」澤蘭聳聳肩膀，「這讓人深深地體認到，『開會』這件事果然就是世界上最沒效率的存在了。」

「那我們現在這個又叫什麼？」時衛支著額冷笑。

「喔，報告近況。」澤蘭優雅地笑著說，「好了，這回是暫時沒事了。我得說，我很高興你們沒有知情不報，毛茅、毛絨絨還有黑琅。」

除了毛絨絨心虛地眼神亂飄外，另外的一人一貓坦然接受稱讚。

對於毛茅身邊出現了兩隻舊版仿生契靈的事，澤蘭其實還是有點好奇的。但這份心情大概就和想知道明天送來的便當菜色會是什麼差不多等級。

知道了很好，不知道也無所謂。

更何況，他也不打算要藉著研究黑琅和毛絨絨，來重新開發出能變爲活物的仿生契靈。

想到這裡，除魔社的指導老師溫柔一笑。

社團經費還是花在他心愛的儀器和各式試驗劑上就好了。

這場只召集社團部分人員的臨時會議，不到半小時就宣布散會。

不過除了一心一意記掛著實驗室的澤蘭，其他人仍留在社辦裡進行各種混水摸魚。

吃爆米花的繼續吃，玩手遊的繼續玩，當然還有企圖再偷偷擼貓的。

啪！黑色的長尾巴凶狠地打退了那隻魔爪。

毛茅看著彷彿頭頂一雙狗狗耳朵都耷拉下來的灰髮青年，覺得自己被激起了父性光輝。

他二話不說地從背包裡抽出條結實的繩子，不給黑琅有反抗機會，快速俐落地將他捆綁成一條貓火腿。

毛絨絨睁大眼，好奇地用指尖戳戳那從網眼中露出的肥肉。

「無禮刁民！誰讓你碰朕的？」黑琅大怒，凶暴地亮出爪子和尖牙，「毛茅，還不快把朕放開！你想對朕做什麼？住、住手！朕叫你住手！喵啊啊啊——」

縱使黑琅發出淒厲的慘叫，也阻止不了對他來說簡直慘無貓道的行爲。

被綁成一條胖火腿的大黑貓，被毛茅送到了白烏亞面前。

「學長。」紫髮男孩露出帥氣的笑容，「儘管摸、儘管擼，讓你擼到爽，千萬別客氣。」

黑琅還在氣急敗壞地咆哮。

毛茅低頭，對著黑琅咧開白牙，「大毛啊，忍一下就過去了，不會痛的，要乖啊。」

「毛茅你這個沒良心的！朕不敢相信你這鏟屎官居然是這樣對朕！朕、朕要……」黑琅惡聲惡氣地威脅了老半天，一句要「換新的鏟屎官」怎麼都憋不出來。

最後他一翻身，守住自己的肚子，讓大大的屁股對著白烏亞。金色眼睛上翻著，活像一雙死魚眼，自暴自棄地隨便那隻魔爪對自己上下其手了。

毛絨絨不禁擦了擦眼淚，同情黑琅的遭遇。

他和黑琅都本能地不想接近白烏亞，奈何一家之主的命令重如山，饒是自認是陛下的黑琅都反抗不了。

白烏亞和小動物相處的一幕實在是太新奇，讓木花梨忍不住拿手機連連拍照。

這時候，毛茅突然聽見身邊傳來一聲不悅的咂舌聲。

高甜不知道是在手機上看到什麼，臉上沒太多表情，可眼神冷得比平時再低溫好幾度。

毛茅不用猜，都能知道對方的心情惡劣了。

高甜甚至還暫時放下她的爆米花桶，快速在手機螢幕上戳點，最後手機被她往旁邊一扔。

她將爆米花桶抱起，直接仰頭，一口氣把剩下的渣渣都倒進嘴裡。

就算是做這個動作，她也依舊是好看得不得了，像幅最完美的畫。

毛茅一邊惆悵那麼大的爆米花桶居然就這麼見底了，一邊問著氣壓忽然降低的黑長髮少女。

「怎麼了嗎？」

那語氣有著關心，但也帶著適當的隨性，似乎無論對方願不願意回答都沒關係

高甜舉起一隻手，意思是等等。等到她喝完木花梨貼心遞來的茶水後，才冷淡地開口：

「臉書有渣渣冒充我的朋友。」

「哎？」這訊息量有點大，毛茅吃了一驚，「冒充？」

高甜沒立刻解釋，而是改提起另一個話題，「我不是跟你提過嗎，這陣子我在外面碰見蘇

枋的機率越來越高。」

即使她語氣平淡無波，但在提及「蘇枋」兩字時，還是不自覺地洩露了厭惡。

毛茅點點頭。自從那天下午他幫過高甜後，對方開始偶爾會跟他分享一些生活上的事。包括和蘇枋多次的「不期而遇」。次數多得讓毛茅難以單純認爲，那些只是巧合。

「艾葉會跟那傢伙透露我的行蹤，我警告過她了。」高甜神情漠然地說，「但她也不是天天都知道我會去哪裡。」

「臉書、LINE……妳有在上面說過自己的行程嗎？」毛茅的詢問剛出口，就皺著臉地反駁了，「不，妳的臉書沒公開，妳也不可能讓他加妳的帳號……」

「我加了，在我沒發現那是他的帳號的時候，我以爲那是我同學。你的臉書可以幫我搜尋一個名字嗎？」高甜報出了聽起來像是女孩子的人名，「頭像是柴犬的那個。」

毛茅一下就找到了對方的帳號，資料顯示她也是榴華高中的學生。

高甜把自己的手機也遞出去。

毛茅湊過來一看，螢幕上是同個人的臉書頁面。

一樣的名字、一樣的頭像、一樣的個人資料，包括相簿裡的照片也相同。

起初毛茅以爲是高甜開了相同的頁面出來，可很快地，他就意識到不對勁的地方。

高甜手機裡的，塗鴉牆上只有幾則分享的帖子。

相較之下，他手機上的則是生活多彩多姿，幾乎每天都有上來留言。

一個驚悚的猜想躍進了毛茅腦子裡，「妳手機裡的那個……該不會就是蘇枋冒充的!?」

「他發來交友邀請，說自己的舊帳號被盜了，這個是新帳，我沒多想。後來他回覆回得太頻繁，不像那名同學會做的，我才注意到的。」

就算高甜說得再怎麼雲淡風輕，毛茅還是能想像得出當她知道眞相時的那種感覺，是多麼地……糟糕透頂。

以爲是同班的女孩子，卻沒想到對方竟然是蘇枋刻意假冒。他成功成爲高甜的臉書好友，窺視到她在上面的所有動態，還頂著同學的名字向她噓寒問暖。

毛茅的臉嫌惡地皺成一團。光設想一下，就令人頭皮發麻，雞皮疙瘩都要起來了。

所以說……那些「不期而遇」就是這麼來的吧?

「嗚啊，爛透了。」毛茅彈下舌頭。

「什麼什麼?什麼東西爛透了?」窩在角落自得其樂的毛絨絨忽地靠過來，兩隻湖水藍的眼睛好奇地瞅著毛茅，在對上高甜的視線時又畏縮地往後退。

「沒事，說雞肉最近又要漲價了，眞讓人生氣啊。」毛茅面不改色地說。

「啊啊!這眞的太過分了!」毛絨絨立即氣憤塡膺地聲討。

倏地，高甜擺在桌上的手機震動了下，她拿起一看，是條簡訊的通知。號碼不認識，簡訊內容則是：臉書為什麼封鎖我？我做錯了什麼？妳跟我說，我會改的。

高甜連回都不回，直接刪除簡訊。

只是手機才又放回桌上沒多久，這一次響起鈴聲。

高甜本來以為又是蘇枋藉著他人的號碼打過來，不過螢幕上跳出的是艾葉的名字。

對於這名表妹，高甜多少看在親戚的份上，沒把人拉進黑名單裡。

她接起電話，冷著臉，聽著艾葉在手機裡可憐兮兮地說自己錢包忘記帶，現在人在某家店裡，求她過來先幫忙代墊一下。

「艾葉有事找我。」高甜起身，抓起掛在椅背上的包包，主動對毛茅說，「要是碰上什麼事……」

高甜看著紫髮男孩那張可愛又透著遊刃有餘的笑臉，破天荒地放任自己說出了接近依賴的話語。

「……我會再打手機給你。」

「好喔，我大概會在社辦待比較晚。」毛茅盤起兩隻腳，轉動椅子，笑嘻嘻地說，「估計大毛還要為烏鴉學長獻身好一陣子。」

被綑成貓火腿的黑琅一臉生無可戀。

高甜在沒人看見的角度彎了彎嘴角，然後帶上社辦大門。

□

艾葉說的地點是一間甜點店。

高甜不討厭甜的，大部分食物她都很歡迎。不過甜點店，的確是她很少會去的地方。

原因無他，現在的甜點大多走向精緻化，同時代表著變得小巧可愛。

看在高甜眼中，就是不夠吃。

與其讓她吃甜點，她更願意跑去吃三大碗的豬排飯。

被盎然綠意包圍的甜點店裡似乎坐著不少桌客人，高甜沒多想地直接推開玻璃門。

風鈴晃動的剎那間，坐在裡邊位子的艾葉馬上站了起來，朝高甜揮手示意。

「高甜，這裡、這裡！太感謝妳了！」

高甜沒想多留，連環視店內一圈都懶。她快步走向艾葉，舌尖上的「多少錢？我先結了」還未滑出，身子就像被寒氣凍結住。

黑長髮少女僵立原地，抓著背包肩帶的手指無意識地收得死緊。

坐在艾葉對面的，赫然是蘇枋。

高甜眼中冷意更甚，她立即想明白這是怎麼回事了。

艾葉是故意要讓她過來這裡……和蘇枋碰面的！

冰冷的怒意直衝喉頭，高甜臉一沉，轉身就想離開，否則她內心像是冒泡毒液的情緒就要噴發出來。

「高甜！」蘇枋迅速站起，拉住了高甜的手腕。

「我說過了，別碰我！」高甜厲聲地說。

毫不掩飾的厭惡與沒有特意控制的音量，頓時讓店內其他人起了騷動。

「高甜，妳幹嘛這麼凶巴巴的？蘇枋又沒惹妳！」離艾葉他們這桌最近的一名長髮女孩跟著站了起來。

緊接著又有好幾人出聲，聲討著高甜的態度。

高甜轉過頭，這才注意到原來另外幾桌的客人，居然都是蜚葉高中的學生。

艾葉也離開座位，趁高甜沒注意的時候，猝不及防地把她往沙發內一推，讓蘇枋能夠堵住她的出路，將她困於座位中。

「好啦，我這個紅娘要先退場了。」艾葉吐吐舌頭，朝蘇枋比出個加油的手勢，「接下來就交給你了，蘇枋學長，看好你喔。蘇枋學長的同學們，你們也要爲他打氣喔！」

方才的緊繃被沖散，圍觀的蜚葉學生們發出善意的笑聲，也沒忘記照艾葉交代的，爲蘇枋給予友情聲援。

「蘇枋，別慫了！」

「是男人就快上啊！」

「都這麼好的機會了，沒成功就是你遜！」

「擺脫單身就是現在了！」

蘇枋回頭對同學們困窘地笑笑，兩隻耳朵都紅了，馬上又引來一波笑鬧。

深吸了一口氣，金棕髮的青年轉頭面對被自己困在沙發上的黑長髮少女。似乎沒看見對方鐵青的臉，他緊張地舔舔嘴唇，露出帥氣又透著靦腆的笑容。

「高甜，我從妳國中的時候，就一直一直喜歡著妳了，沒有其他女孩子能夠讓我有這種感覺。我每天都巴不得能見到妳，和妳說話、相處的時光，都是讓我最難忘的。」

蘇枋眼神灼熱，字字句句都帶著滿腔熾烈的感情。

周邊人迅速安靜下來，豎起耳朵，深怕自己錯過任何一個片段。

「或許……我做了一些妳不喜歡的事，但只要是妳不喜歡的，我都願意馬上改正。我很開心妳的表妹、同學們，還有我的同學們，都祝福我們這段關係。所以這一次，在大家的面前，我想向妳更正式地告白……」

蘇枋的聲音有絲發顫，他像終於鼓足了畢生的勇氣，對他最喜愛的女孩傾吐愛意。

「我喜歡妳，妳願意當我的女朋友嗎？」

蘇枋的最末一字逸入空氣，甜點店安靜了片刻，隨即迎來一陣歡呼。

「喔喔喔喔喔喔！」

「在一起！在一起！在一起！」

蜚葉高中的學生熱烈鼓躁著，還有人吹了助勢的口哨。

所有人都覺得告白絕對是順理成章地成了，他們期待見到女方害羞或是故作驕傲地接受蘇枋成爲她的男朋友。

一群人都準備好要上網，和其他人分享蘇枋成功脫單的消息。

蘇枋更是滿心歡喜地熱切注視著高甜，殷殷期盼著柔軟美麗的嘴唇，吐出世界上最美妙動聽的話語。

但那些在旁人看來熱情、浪漫、繾綣的情感，對高甜而言卻是冰冷、黏膩，以及令人噁心的。

那些經年累月累積下來的憎厭終於像火山爆發，滾燙的憤怒沖刷過她的五臟六腑，血管內流動的彷彿是最炙熱的岩漿。

心裡一直禁錮的某個存在，再也無法控制地扯開枷鎖，掙脫出來奮力嘶吼。

禮儀與涵養在這一瞬間，通通被高甜拋棄了。

「我操你媽的！」

黑長髮少女抓起桌上的一杯水，直接就朝蘇枋臉上潑去。

水從蘇枋的鏡片還有臉上淌落，他的表情呆然，彷彿一時反應不過來。

同樣呆住的還有蘇枋的同學們。

甜點店的店員躲在櫃台後，緊張地看著氣氛突然急轉直下的一票年輕學生。

高甜趁機猛力推開擋在沙發前的蘇枋，讓自己順利脫困。

冰冷的怒焰將那雙墨黑眼眸點灼得淬亮，她的胸脯因急促呼吸劇烈地起伏著。

高甜的眼神除了冰厲，再無其他。

「你憑什麼要我接受你？我不喜歡你，我連看見你的臉都覺得反胃，你他媽的爲什麼就不能滾遠一點？」

她一字字地從唇間吐出有如霜雪附著的無溫句子。

「從國中開始你就纏著我，我說的『拒絕』兩個字你是有哪裡聽不懂嗎？你的腦子眞的有帶在身上嗎？」

「你守在我的教室，守在我住的地方，還不斷地用電話、LINE、臉書騷擾我。你無視我的意願，你根本就是教人作嘔的跟蹤狂！」

最後幾字甚至有如淬了毒液的箭矢，凌厲射出，足以讓所有聽聞者都感受到說話之人的極度厭惡。

針落可聞的死寂在高甜說完話後，籠罩了整間甜點店。

那一雙雙眼睛震驚錯愕地看著像把利刃筆直站著的黑長髮少女，一時像被剝奪發聲能力。

半晌，就像有人突然按下了解除靜止的按鈕，看見自己同學被如此對待的一票學生們頓時炸了。

「搞什麼鬼啊！妳這人怎麼這樣？」

「蘇枋又沒做過什麼傷害妳的事！」

「他明明只是喜歡妳而已耶！妳才憑什麼這麼對他！」

「妳有病吧？居然還說他是跟蹤狂？」

「拜託，有那麼帥又那麼貼心溫柔的跟蹤狂，我也想要一個啊！」

有人氣憤難耐地指責，有人尖酸刻薄地諷刺，還有店員著急的勸阻聲夾雜其中。

「不、不好意思……客人，還請不要大聲喧譁……」

一片混亂中，高甜面無表情，看也不看任何人一眼，大步流星地走出店外，將那些荒謬至極的人事物都狠狠拋在腦後。

高甜走得又急又快。

帶動的氣流吹拂起她的裙角和她的一頭長髮，那張昳麗雪白的側臉彷彿像戴了張面具，連點情感波動也沒有。

然而那雙直視前方的漆黑眼珠深處，卻又像翻騰著冰冷的焰火。

高甜不知道該怎麼處理堆積在胸口的情緒，它們像酸液般沸騰冒泡，不停腐蝕著她的內裡，撕扯著她的無數神經。

她從來沒有過這樣的感受。

但越是覺得痛苦，高甜臉上越是不見波瀾。她走路的速度越來越快，宛如一陣疾速旋風。

她不知道自己現在要走到哪裡，她不想回去，不想見到艾葉；更不想在自己的屋子裡無比清晰地體會到，自己只是孤獨一人。

猛地，一段對話浮現在她的耳畔。

「要是碰上什麼事……我會再打手機給你。」

「好喔，我大概會在社辦待比較晚。」

紫髮男孩可愛又遊刃有餘的笑臉從記憶裡躍跳出來。

高甜的步伐硬生生頓住，她抬頭望望四周，發現自己在不自覺的時候，居然走到了榴華高中附近。

從校外望進去，社團大樓的五樓還亮著燈。

也許社辦裡還有其他人，也許那名紫髮男孩早就不在那……

各種思緒在高甜腦子裡互相拉扯，都想爭取自己才是正確的那個，但她的雙腳卻已經自主地邁出。

她行走的速度再加快，從起初的疾步，到後來甚至開始奔跑起來。

黑長髮少女奔向社團大樓，她沒有搭電梯，而是邁步連越多級階梯，行疾如飛地一路來到了五樓處。

推開解鎖的大門，她穿過走廊，走向隱約仍透出聲響的社團辦公室。

社辦門扇完全敞開，可以讓人一眼就瞧清室內景象。

紫髮男孩窩在沙發，啃著厚重如磚的書籍，封面上寫著《關於打擊污穢的108種姿勢和制服穿搭配件的99種方法》。

不遠處，則是一名拿著逗貓棒想逗貓，結果反被大黑貓不客氣連打的白髮少年。

除此之外，就再也不見其他人在了。

毛茅感官敏銳，幾乎高甜一站在門口，他就察覺到有人來了。他從書裡抬起頭，一雙金眸張大。

「高甜……」接下來的一句「妳怎麼了」，毛茅順勢吞了回去。

站在社辦門口的黑長髮少女看似與平常無異，但似乎又處處透著不同。

在毛茅眼中，看來就好像一把繃得過緊的弓，很可能下一刹那會應聲斷裂。

「咦？」毛絨絨揚著被留下多枚梅花腳印的臉頰，傻愣愣地看著忽然出現的高甜。還沒等他多問什麼，就被黑琅又不客氣地抽了一記。

「變回球。」黑琅命令道：「然後跟朕出去。」

經過這些日子以來的多種磨練，讓毛絨絨現在幾乎對黑琅言聽計從。他反射性變回一顆雪毛球，揮著短得可愛的翅膀，傻傻地跟著黑琅一同出了社團辦公室。

高甜像是對這些毫無所覺，她慢慢走進社辦，站在毛茅面前。她垂著眼，美麗的面容有如覆著冬雪，凝結住所有溫度。

但是毛茅卻覺得，那雙深如潭水的黑眸似乎快要溢出淚來。

「艾葉騙我過去。」高甜無預警地打破寂靜，「蘇枋在那裡，他當著他同學的面向我告白。」

「他纏了我兩年。」

「他說他喜歡我。」

「他簡直無孔不入。」

「他會從我打卡的位置、我的自拍照找到我在哪裡。」

「我現在再也不做那些事。」

「不管我如何封鎖，他總是有辦法再找上我。」

高甜訴說的嗓音像被剝離了所有情緒，在社辦裡發出空洞的迴響。

「而其他人都認爲這很平常，這無傷大雅，這不是什麼須要在意的事。」

「他們認爲我該接受、該給他機會，該和他成爲他們想像中的理想情侶。」

「沒人管我的意願。」

「沒人在意我的痛苦。」

高甜覺得自己像是被逼得站在懸崖邊，再進一步就會粉身碎骨。

然後，她聽到一道稚氣的聲音說：

「如果不介意的話，妳需要一個抱抱嗎？」

她看見紫髮男孩張開雙手，眞心誠意地說。那落在她臉上的眞摯眼神，就像有條繩子猛地纏上，將她緊緊往回拉，讓她遠離了萬丈深淵。

那一瞬間，外在的武裝瓦解，前所未有的委屈席捲而來。

一股灼燙的熱意竄上了高甜喉嚨，湧到了她的眼眶。她驟然往前一撲，用力地抱住毛茅，將臉埋在那個單薄的胸膛，沒有發出丁點聲音，任憑眼淚像潰了堤般落下。

此時，高甜只覺臂彎中的這具身軀瘦小，卻又帶給她難以言說的安心感。

□

心情愉快的時候，看任何東西都會感到無比順眼。

艾葉覺得這句話眞的一點也沒錯。

她現在看榴岩市的景物都感到格外美麗，那些沐浴在夕陽下的街道、建築物，甚至來往的路人，都彷如閃閃發光。

就算沒有留下來看之後的發展，艾葉也可以很肯定地說，絕對不會有問題的。

高甜一定會接受蘇枋學長的告白，正式成爲他的女朋友。

由於滿心沉浸在想像裡，艾葉一不留神彎錯了路口，走進一條顯得陌生的巷弄裡。

看著四周不熟悉的景象，艾葉愣了愣，原本想折返回原路，但忽然冒出的好奇心催動她的步伐，讓她繼續往前走。

雖然和大馬路只隔了點距離，但小巷裡如此幽靜，種植在旁邊圍牆後的樹木蔥翠茂盛，樹影綽綽，將夕陽餘暉過濾成不規則的光斑，投映在路面上，自有特殊的美感。

同時也是這寧靜的氛圍，才讓丁點聲音都顯得特別清晰。

「可以吃嗎？」

有道柔柔的憂愁女聲，突如其來地在艾葉耳邊響起。

那聲音如此接近，彷彿貼著她的耳殼親暱地細細訴說。

「哇！」艾葉嚇了一跳，她緊抓著書包，忙不迭地左右張望，想找出這道聲音的來源。

然而在發現自己四周竟空無一人後，不安的感覺像漲潮的海水漫淹上來。

是、是錯覺嗎？她設法安慰自己，腳下步伐不敢再停頓。她加快了速度，巴不得趕緊走出這條現在只有自己一人的小路，趕緊到燈火通明的大馬路附近。

然而那聲音竟是如影隨形。

「我想吃、我想吃。」

「讓我吃吧。」

「不然我會很痛苦的，我會死的。」

「請問妳可以讓我……」

似乎蘊含著萬千愁思的句子飄散在艾葉耳邊。

最後的句子究竟是什麼，艾葉已經聽得不眞切，大片金色無預警撞進了她的視野內。

艾葉瞳孔猛地收縮，喉嚨像被無形的手緊緊掐住，半點聲音也發不出來。恐懼爬上了她的臉蛋，扭曲了她清秀的五官。

小巷裡，柏油路上，數也數不清的金黃頭髮佔據眼所能及的地方。

那些金髮有若活物，它們蜿蜒蠕動，一波波地朝著艾葉湧來。

它們就像瘋狂的浪潮、瘋狂的蛇群，迅雷不及掩耳地衝向腳步好似生根的褐髮少女。

「不不不——」艾葉閉上眼，驚懼地放聲尖叫，腦內浮閃過眾多可怕畫面。

她以爲自己會面臨無法想像的疼痛，但直到她的尖叫聲消散，卻什麼事也沒有發生。

艾葉緊閉著眼睛，好幾十秒才終於慢慢睜開。卻發現巷弄裡赫然什麼異狀也沒有，還是樹影綽綽，氣氛幽靜，不遠處依然能聽見幾聲犬吠。

她之前經歷的，彷彿一場幻覺。

艾葉茫然地眨眨眼，她低頭看著地面，又看著自己的兩隻手。她仍站在原地，整個人完好無缺。

怎麼……怎麼回事？艾葉一頭霧水地環視周圍，一個荒唐的猜測跳出了腦海。難不成……自己還能站著作夢？

這想法讓艾葉自己都覺得好笑。

揮開這份胡思亂想，她沒把剛剛的古怪遭遇當一回事，腳步再次輕快抬起，期待著明天就能見到成爲情侶的蘇枋與高甜。

而被她留在後方的小巷深處，似乎有金色的光芒流動，宛如一隻慢慢旋身遊走的大蛇……

第十章

高甜當著蘇枋及他諸多同學面前拒絕告白，並且狠狠給人難堪的事，隔天就傳到了艾葉的耳中。

這名褐髮少女一聽見這個消息，最先是覺得荒謬，並且認定這是無聊的傳聞，說不定是有嫉妒高甜的女生隨便亂說的。

然而當這個消息成爲了既定事實，在不少人口中流傳開，艾葉只覺晴天霹靂，完全沒辦法接受。

她不懂爲什麼會失敗。

蘇枋學長告白，高甜接受，兩人成爲人人稱羨的男女朋友……這不是該板上釘釘的事情嗎？

她不懂，高甜怎麼會拒絕蘇枋，還給了人難堪？

蘇枋學長明明就那麼痴情、專一……還對高甜那麼好！

她本來以爲一切都該順順利利的，她以爲她能夠成功湊和他們兩人的！

事情不若預期，讓艾葉一時呆坐在位子上，手裡還握著手機。好半晌，她才回過神，意識到自己該做些什麼。

她一定要幫忙才可以……

艾葉霍地從座位上站起，力道之猛差點把椅子掀倒。

如果放在平時，這動靜絕對會引來其他同學的注目。不過現在已是放學時間，教室裡就只有艾葉一人而已。

艾葉現在急著想找到高甜，好問個清楚。她還想要用力搖晃對方的肩膀，問對方究竟在想什麼，怎會做出這麼……不理智的行爲。

她原本想打手機問高甜人在哪裡，不過思及對方更可能直接掐斷通訊，她決定直接去除魔社碰碰運氣。

這個時間點，高甜待在社團的機率很高。

對於除魔社，艾葉比大多數榴華學生都還要了解。她知道這個社團的成立目的和眞正的活動內容，她和高甜一樣都是來自除穢者家族。

只不過和高甜天生便擁有契魂和契靈不同，艾葉並沒有召喚契靈的能力。

艾葉看得到代表污染的黴斑，她猜自己可能是契魂還沒成熟；也或者是她有契魂，但註定不會成熟。

不管是哪一種，艾葉其實都不那麼在意。

她覺得黴斑很噁心，覺得污穢很恐怖，同時也覺得必須面對這些的高甜好可憐。

她想要幫自己的表姊獲得幸福。

再也沒有誰比蘇枋更適合高甜了。

他們都是除穢者，會擁有共同話題。兩人又都很優秀，是受人崇拜的對象。

艾葉無論如何都找不出他們不在一起的理由。

加油，一定能說服高甜放棄成見的！艾葉為自己打氣，她小跑步來到社團大樓的五樓。

怕高甜不想搭理自己，艾葉還使了點小心機。她按下對講機，開口卻是說要找木花梨——她聽說過這位學姊的溫柔和好脾氣。

等到對講機裡傳出了那道柔美的嗓音，她立刻問道：「請問高甜在不在？我是她的表妹，我有事找她。」

從對講機裡，她聽見了木花梨的傳話。

「高甜，妳表妹找妳。」

艾葉鬆口氣，高甜果然待在除魔社。不管對方心裡是怎麼想的，她都可以在這裡等著人出來。

高甜總得回家。

出乎艾葉意料，除魔社大門很快就打開了。留著一頭過腰黑長髮的少女筆直站在門口處，面色冷淡，眼神如冬雪。

艾葉難以判斷出高甜此時的情緒，她的表姊似乎無時無刻都面無表情。

「找我什麼事？」高甜冷冰冰的聲音打破沉默，「如果是像上次那樣的事，現在就可以滾出我的視線了。」

這或許是艾葉第一次聽見高甜對自己說出「滾」這個字，以往因爲彼此是表姊妹，高甜頂多是態度冷淡，鮮少會說出如此刻薄的話語。

「我、我……」艾葉瑟縮了下，先前凝聚的勇氣漸漸消滅，「我是來……高甜！」

艾葉瞧見黑髮少女忽然關上門，率先走下樓梯。她愣了愣，連忙也跟著下去。

高甜站在四樓平坦的地板，不發一語地像在等著人主動開口說話。

艾葉總算又鼓起了勇氣，「高甜，我聽說妳拒絕了蘇學長……爲什麼要拒絕他？」

「我做什麼是我自己的事，妳不要管過界。」這一次，就算對方是自己的表妹，高甜也不願意留丁點餘地給對方，「我說最後一次，我從來都不喜歡蘇枋，他的存在簡直是令我反胃，他該死的已經像個跟蹤狂纏著我兩年了！」

「妳怎麼這樣啊！」艾葉用更高分貝的音量，不敢置信地嚷道：「妳怎麼可以把蘇枋學長說得那麼難聽？他又沒對妳做出什麼！他只是打電話關心妳、送妳禮物、想約妳出去玩……這都很正常的，妳爲什麼要把人想成跟蹤狂？」

也許是先前在毛茅面前發洩出怒火和淚水，面對艾葉忿忿不平的指責，高甜現在只感到乏味。

「兩年來，他幾乎天天打電話或傳LINE給我，或在臉書找我。」就連說起那些曾有若惡夢般的過往，語氣也格外冷淡，彷彿在說與自己無關的事，「不斷地問我為什麼不回他？為什麼要跟別人說話？問我今天做了什麼？現在人在哪裡？」

「妳要是真討厭的話，拉黑不理他不就好了嗎？」艾葉匪夷所思地看著高甜，「妳自己都說兩年……這表示妳還有跟他維持聯絡啊，不然怎麼有辦法持續這麼久。高甜，妳明明就是對蘇學長有些意思的，既然有意思，妳還吊著人那麼久，這也不能怪學長黏人了一點呀。」

如果換在幾天前，聽見艾葉這番言論，高甜或許會理智斷裂，爆發地罵出一聲「我操你媽的」。

此刻她只是漠然地說著，「不管我拉黑多少個號，他都會換新號或借別人的號。」

「要是妳真的很困擾，妳也可以向旁邊人或是我們說啊。」艾葉搖搖頭，「更不用說我是妳的表妹了，妳更可以跟我說啊，但是妳又沒有。」

高甜這下是真的冷笑出聲了，「我強硬拒絕被說態度差，我放著不管被說吊著人。我不接受就說我該給他個機會，我不喜歡他就說不試怎麼知道。所有話他媽的都被你們說完了，妳還要我說什麼？」

那是艾葉從未見過的高甜，比起她知道的冰冷無人氣，更多了剮人的可怕凌厲。前所未有的懼意從她的心底滋生，她本能地想要後退，想要遠離自己的表姊。

「聽清楚了，艾葉。」高甜霍地逼近一步，她一百七十七公分的身高輕易就給嬌小的艾葉帶來壓迫感。她瞇細漆黑如深淵的眼瞳，聲音冷澈地說，「我最後再說一次，別管我的事。就算妳是我表妹，不代表我會對妳一直這麼客氣。」

艾葉驚駭地屏住呼吸，像隻在猛獸面前的弱小獵物般瑟瑟發抖。

高甜扔下警告，單方面地表明談話已結束，轉身就要再返回五樓。

艾葉被留在原地，腦海一片混亂，她還是不懂整件事是哪裡錯了。她想要追上去攔下高甜，但又被對方的氣勢震懾得一時邁不出腳步。

就在褐髮少女慌亂得不知如何是好之際，一股從未感受過的劇痛鑽進她的神經。

「好痛！」艾葉驟然吃痛地大叫起來，她站不穩地踉蹌了一、兩步，靠上牆面才總算穩住身勢。但她的臉色變得蒼白，豆大的汗珠冒出額角，宛如火燒般的刺痛狠狠抽扯著她的神經，令她清秀的面容忍不住扭曲。

她下意識地縮著腳，用彆扭的姿勢伸手按著瘋狂抽痛的小腿，想要壓下痛楚，卻只是徒勞無功。

「怎麼回事？」高甜驚愕一瞬，迅速反應過來。她上前幫忙攙扶艾葉，視線落至對方光滑的小腿上。

艾葉按住的地方什麼傷口也沒有。

「我、我不知道……」艾葉疼得直抽氣，眼眶迅速紅了一圈，「我的腳……我的腳忽然就好痛……」

艾葉一句話說得斷斷續續，不時尖銳吸氣，一張臉蛋褪去血色，看起來蒼白得令人憐惜。

「靠著牆，手放開。」高甜簡潔命令道，隨即蹲下來，仔細端詳起對方的小腿。

這一次再仔細看，依舊沒有找到任何傷口。

「先去保健室。」高甜二話不說地拉過人，將艾葉的手繞過自己脖子，往肩頭一擱。

艾葉現在腦海中只剩下一個「疼」字，不管高甜說什麼，她都是反射性地點頭。

好在社團大樓有電梯，這讓高甜帶著艾葉下樓時省了不少工夫。

在高甜幫助下，艾葉跛著腳，辛苦地一步步往前移動。她的嘴唇被自己咬出明顯的齒痕，攢緊的拳頭裡冷汗淋漓。

小腿上最初發出的刺痛現在已有了變化，此時好似有一條看不見的線，在死命勒絞住她的肌肉。

艾葉幾乎以爲自己的小腿會被這麼硬生生絞斷。

她從來沒那麼痛過，她吸著氣，時不時發出小小的哽咽聲。

雖然過了放學時間，不過高甜確定保健室還有人待在那。

伊聲總是會多逗留一陣子，才鎖門離去。

根據對方所說的理由，是她不想和那麼一大群的包子饅頭一塊走，她會覺得自己要被食物海淹沒了。

果然就如高甜所想，保健室依舊亮著燈，只是辦公桌前並沒有見到人影。

高甜先讓艾葉找個位子坐下，後者抽噎地掉著眼淚，撫著莫名劇痛的小腿，臉蛋蒼白如紙。

「高甜，我是不是生什麼重病啊……」艾葉吸吸鼻子，擠出虛弱的聲音。

高甜沒有給予回應。她熟門熟路地往裡面走，「唰」地拉開了遮住病床的白色布簾。

理應讓病患休息的病床上，此刻有名年輕女子正躺在那呼呼大睡。一頭黑白交錯的髮絲凌亂散著，眼上還覆著畫有古怪塗鴉的眼罩。

「伊老師、伊老師。」高甜和病床保持一段距離，只是出聲喊了床上的女子。

那人正是保健室老師兼除魔社的副指導老師，伊聲。

伊聲的怪癖很多，她穿紅色的醫生長袍，喜歡咬棒棒糖，喜歡粗暴地讓那些來擦藥的學生哇哇痛哭，還喜歡堂而皇之地佔據病床睡覺。

假使有學生來保健室沒看到人，十之八九伊聲都是躺在病床上。剩下的一次，則是她跑到外面偷抽菸。

伊聲戴著眼罩，看不出她的眼睫是否有明顯顫動。

高甜還是保持距離，「伊老師，請妳起來。」

第三聲的呼喊落下，大剌剌躺在床上的黑白髮女子霍地彈坐起來，手臂彷彿反射性地朝旁抓捏。

這就是高甜不靠太近的原因——伊聲被人叫醒的第一個動作，通常都是想把擾人清夢的那人揪住，然後暴揍一頓。

只抓到一把空氣的伊聲停頓一下動作，接著她扯下眼罩，露出犀利的黑眼珠。

「是妳啊，高甜……眞難得妳會過來。」伊聲打了個呵欠，將亂糟糟的髮絲綁成馬尾，伸手往旁邊一摸，抓起黑框眼鏡戴上，「怎麼了？生理痛嗎？需要借熱水袋嗎？」

「我表妹不舒服，想請妳看一下。」高甜無視伊聲的那串問話，直截了當地表明來意。

「妳表妹……喔，那個叫艾葉的小女生，對吧？」伊聲拿起垂掛在一邊的紅色長袍穿上，「來我這的學生有人提到這事。」

「麻煩妳了。」高甜照慣例忽略那些無意義的閒聊。

「她長得跟妳像嗎？」伊聲跟著高甜往外走，一眼就看見坐在椅子上，臉色蒼白、眼中含淚的褐髮少女，她咂咂嘴，「嗯，是不像……挺可愛的小女生。艾葉，妳怎麼了？發生什麼事了？」

乍聞自己的名字，艾葉馬上抬起頭，映入眼中的強烈猩紅讓她錯愕地微張著嘴，一雙棕眸睜得大大。

艾葉曾聽同學提過保健室老師是很古怪的一個人，不穿白袍、穿紅袍。她本來以爲他們是在開玩笑，沒想到今日一看，對方眞的是穿著一身像被血液染紅的醫生袍。

光是視覺上，就給人帶來不愉快的壓迫感。

艾葉不安地往後挪了挪，也不知道是不是這個小動作帶到了她的痛處，她猝地又抽氣出聲。

伊聲大步上前，在艾葉身前蹲下，端著對方的小腿細細檢查。

從肉眼看，完全找不到可見傷痕。

「這樣會痛嗎？」伊聲壓按幾下艾葉的小腿。

艾葉搖搖頭，「沒特別的感覺……啊！好痛！又更痛了！」

褐髮少女疼得一張臉蛋失了清秀，五官扭曲，嘴唇被她咬得泛白。她死命緊壓著小腿側，冀望能減輕疼痛，卻一點幫助也沒有。

「妳再忍耐一下。」伊聲的神情越發嚴肅，「是突然就痛起來的嗎？有辦法跟我大概描述那是怎樣的痛法嗎？」

「是……是突然痛起來的沒錯……」艾葉吃力地說著話，豆大汗珠從額邊淌落，「就在剛剛，我和高甜說話的時候……突然就好痛，那感覺很像是、很像是有條看不見的繩子……緊緊地勒住我的腿，然後越縮越緊，像是要把我的腿絞斷……」

「我可以先開止痛藥，不過妳的情況可能還是叫救護車過來比較保險。」伊聲站了起來，她這邊沒有合適的器材能做更進一步的檢查，送醫院是目前唯一可行的辦法。

「要、要叫救護車嗎？」艾葉心裡害怕，「是很嚴重的問題嗎？我……我可不可以……」

「早檢查出原因早超生。」伊聲口頭上素來刻薄，曾弄哭一些膽小的學生。她以爲會聽到艾葉驚恐的呼聲，然而耳邊卻是一片安靜。

伊聲手握著話筒，回過頭，驚訝地發現到艾葉正一臉呆愣地看著自己的腿。

褐髮少女依然噙著淚水，可臉蛋不再痛苦地扭曲。她的眉毛舒展開來，棕眸裡是滿滿的不敢置信。

「怎麼了？」伊聲先放回話筒，「是痛到不想活了？還是忽然不痛了？」

「不……」艾葉怔怔地說，「不痛了……」

伊聲和高甜臉上掠過一瞬吃驚。

方才艾葉的情況絲毫不像作假，她確實是被某種劇痛折磨得難受萬分，但不過半晌時間，她就說不痛了。

「眞的不痛了……」艾葉喃喃地說，緊接著她狂喜地高喊出聲，「眞的不痛了！現在完全沒感覺了！我不是說眞的沒感覺……就是、就是那種可怕的疼痛消失了！」

伊聲抱持著疑惑，她又彎身看了看艾葉的腳，還是無法看出個所以然。

按照艾葉的說法，那古怪的痛楚是無預警地出現，又無預警地退離。

要是以一般人的認知來看，他們會覺得還是先送醫院檢查比較安心。但是伊聲本就不能算是一般人，身爲退役的除穢者，她看過許多不可思議的事。她瞇著眼，若有所思地注視著破涕爲笑的褐髮少女。

先不管疼痛突如其來出現又消失的部分，艾葉所形容的那種痛法……就稱得上罕見了。

伊聲不吭聲地審視了艾葉全身幾次，就在她視線抽離的瞬間，她不經意地看向了地面上的影子。

黑框眼鏡後的眼眸霍地凌厲一瞇。

正值夕陽燦爛之際，金橙色的光芒自窗外輝映入室，將地面上的影子輪廓突顯得越發清晰。

同時，才會讓伊聲剛好捕捉到那份異樣。

艾葉右小腿的影子上，有一絲細微的金光轉瞬即逝。

就好像影子裡有金屬線，或是其他會折閃光芒的細長物體。

但再定睛一看，又會發現影子上其實什麼也沒有。

伊聲眼底滑過利光，她不認爲是自己眼花看錯。

「妳之前有碰到什麼奇怪的事嗎？」伊聲倚著桌子，淡淡地開口。

「咦？」艾葉不解地望向伊聲。

「任何事都可以，只要妳覺得怪怪的、異於平常的。」伊聲在說這話的時候，視線沒離開過艾葉臉上，要將對方任何細小反應都收入眼中。

「奇怪的……」艾葉立即就想到了，畢竟那還是這一、兩天內發生的事，「是有一個，雖然我覺得那可能也是我的幻覺……」

「說出來。」高甜截斷了艾葉的唸唸有詞。

被高甜威嚴一壓，艾葉縮縮脖子，不敢隱瞞絲毫，「就是……昨天，我約妳出來……」猛地察覺到高甜周邊氣壓驟降，連盯著自己的眼神也少了溫度，艾葉趕忙將這部分匆匆帶過，慌張地撿了重點講。

「我後來一個人回家時，忽然聽到說話聲，是女生的聲音，但說的內容很……呃，怪。她一直唸著想吃東西，想吃這個、想吃那個，她好像還問了一個問題，但是我聽不清楚……然後，我就像是眼一花，看到路上跑出一大片金色頭髮，很像要把整條路都淹沒了……再然後，又什麼都沒看到了。」

艾葉還在苦苦思索著自己究竟是不是看到幻覺，另一邊的伊聲和高甜卻是神情驟變。
內容怪異的說話聲。
滿地的金色長髮。
就和那一天，高甜與毛茅碰上的情況一樣。
顯而易見，艾葉就是新一名受害者——只是她仍不自知。
「她有契魂嗎？」伊聲朝高甜拋出詢問。她知道艾葉也是除穢者家族的人，才會當著對方的面問出口。
「有。」高甜簡潔回答。
「怎麼了？我的契魂有什麼不對嗎？」艾葉一頭霧水地看著像是在打啞謎的兩個人。
「時衛還在社辦吧？」伊聲又問。
高甜點點頭。
「妳待會有急著去哪裡嗎？」伊聲問著艾葉，後者反射性搖搖頭，「那很好，妳就先待在這。反正就算妳有急事，暫時也不能走了。」
「爲什麼？」艾葉錯愕地瞪大眼。
「當然是因爲有事。」伊聲沒多做解釋，她再度拿起話筒，只不過這回撥出的是校內內線，「時衛，到保健室來，現在馬上，否則接下來的每一次校外實習都會是由我負責帶隊。」

艾葉聽不出來這威脅有哪裡可怕，自然也不會知道電話另一端的人咂了下舌。

沒有等上太久，除魔社的社長就從社團大樓趕至保健室。

從等待時間來看，可以猜得出時衛走得相當快，可能還連走帶跑。不過對方還是維持著一貫的優雅貴氣，彷彿連髮絲也未曾亂上一根。

艾葉還是第一次那麼近距離見到這位同學提過多次的校園風雲人物，那張完美得堪稱造物主傑作的面容，讓見慣好相貌的她都不由得心跳亂了好幾拍。

時衛他……眞的太好看了。

「什麼事？」時衛隨意撥撥未亂的白金色髮絲，桃紅眼瞳掃過保健室一圈，最後定格在最爲陌生的褐髮少女身上。

「艾葉，我的表妹。」高甜冷淡地做了基本介紹。

「我知道她是誰了。現在，告訴我把我叫來這邊做什麼。」時衛瞥向手插在紅袍口袋的伊聲，等著人給他一個解答。

伊聲沒正面回應，反倒提出新的問題，「你看得到她的契魂在哪裡嗎？」

時衛皺了皺眉，目光又掠過艾葉，轉眼間就將她全身打量完畢，扔出了答案。

「在她的右小腿，怎麼了？」

時衛起初只是隨口一問，並不在意能否得到回應。但是當他瞧見伊聲和高甜沉下臉色，頓時也擰起了眉。

「怎麼了？」時衛重複一次問句，這次他的語速相當慢，每一字都像從唇間迸出來的，像是繃緊神經，等待著接下來將從伊聲或高甜口中吐出的眞相。

「有污穢盯上高甜的表妹了。」伊聲使了記眼色給高甜，要她先將人往外帶，「我們得想辦法處理。」

艾葉沒有多想，聽話地跟著高甜走出保健室。

有除魔社在，有高甜在，就算她聽見自己被污穢盯上，也沒有心生太多畏意。

等到保健室僅剩自己和時衛，伊聲才把方才省略的詞補上。

「人形污穢，那位長髮公主也盯上艾葉了。她在艾葉身上做了記號，跟小紅帽的手法類似。另一位受害者很可能也被打了記號，只是方式隱密，所以我們最初才不曾發現。」

「我猜，她的記號就是打在高甜表妹的右腿影子上。」時衛用了「猜」這個字眼，但他的語氣無比篤定。

「恭喜你答對。」伊聲扯出一個假假的笑容，「我們一開始猜不出長髮公主的目的，現在倒是可以證明我們的推論沒錯，她的確是在狩獵有契魂的人。」

小紅帽是剪下受害者的影子，作爲標記。

而長髮公主——則是用金線纏住受害者的影子，打下她的專屬記號。

第十一章

聽見詭異的細語、昏迷前看到滿地的金髮……

榴岩市撞上類似詭異遭遇的人陸續增加，不再是單一個案。

數字從一人漸漸上升至五、六人，他們都是榴華或蜚葉高中的學生。

這幾名學生在臉書或是網路上的大型學生論壇述說自己碰到的詭異事件，不過大多數人都只將這當作是捏造的故事看待。畢竟沒有實質證據，整件事看上去又是如此地荒謬不可信。

喜歡在臉書和各個論壇出沒的林靜靜，自然沒漏掉第一手消息，從中嗅出了不尋常味道。

這名戴著黑框眼鏡的黑短髮少女無意識地用筆桿抵著嘴唇，思考著在不同地方看到的發文。

簡單版本的，就只提了關鍵的兩樣事物。

比較詳細的版本，則是將所有細節都寫得一清二楚，加上文筆好，令人宛如身歷其境。

怪不得會被人當成在編故事了。

倘若不是林靜靜自己也曾親身經歷過那種聳人聽聞的事情——她的影子被活像是小紅帽的人形污穢剪掉了——估計她現在也會抱持著看故事的心態。

發現自己釐清不出個所以，林靜靜很乾脆地放棄思考，很乾脆地把麻煩拋給了另一個人。

一個小紙團冷不丁地砸上紫髮男孩的頭頂。

讓利用自習課睡覺的毛茅瞬間彈起身體，那雙金黃的眼睛從迷濛到清醒只是轉瞬間。

快得讓林靜靜幾乎要以為他根本沒睡著，之前經過他身邊聽見的打呼聲只是錯覺。

毛茅下意識摸了摸剛被砸到的腦袋，雖然力道很輕，但他依舊敏感地感覺到有東西敲上，接著他注意到那個滾落在桌面上的紙團。

林靜靜立刻看到紫髮男孩轉過頭，眼裡亮起令她倍感不祥的熟悉光芒。

噢噢噢，該不會是自己想的那樣吧……

這個念頭才在林靜靜腦海中閃過，她就見到毛茅動作俐落地將抽屜裡的東西掃進背包，然後興沖沖地跑過來。

「副班長。」毛茅雙手按上林靜靜的桌面，眉飛色舞地說，「我們蹺課去吧！」

……你到底是多熱愛蹺課啊！

林靜靜忍不住想抱頭哀號，她努力堅持自己副班長的立場，「聽我說，毛茅，蹺課是不好的。我們身為學生，就該……」

「我愛學習，學習使我快樂。」毛茅迅速接上，還不忘咧出一口白晃晃的牙齒，「但是蹺課讓我更快樂呀。」

他說得太光明正大了，一時間讓林靜靜被噎得啞口無言。

「嘿，靜靜。」毛茅一本正經地說，「如果妳說的事情是真的，那就更要趕快到社辦去，向社長他們報告這件事才對。」

「但是現在還在自習。」怕干擾到其他同學，林靜靜把音量壓得更低，「而且學長他們也都在自習啊。」

榴華高中的特色之一，一禮拜有三天的第八節課都會作爲自習時間，無論一、二、三年級都一樣。

毛茅正想著該找什麼理由來義正辭嚴地說服他們副班長，手機倏地跳出了除魔社的群組通知。

毛茅和林靜靜不約而同地點開各自的通訊軟體。

一目掃過多行的林靜靜率先抬起頭，衝紫髮男孩露出了得意的笑顏。

毛茅失望地把腦袋撞上桌子，想靜靜。

噢，絕對不是想他們的副班長。

「不讓人蹺課眞是限制了人的心靈發展……」毛茅惆悵地說，「萬一我心靈受創了怎麼辦？」

「喔，你跟校長說吧。」林靜靜冷漠地回話。

毛茅剛抬起的額頭又撞回桌面。

先前的那則通知，是來自於澤蘭。

澤蘭言簡意賅地說了，已經聯合起榴岩市的幾個除污社和除魔社，一起合力尋找長髮公主的行蹤，同時也讓時衛檢查完畢，確認那幾名受害者，都是契魂位置的影子被釘上一根細細的金絲。包括艾葉在內，有兩人亦感受過劇烈的疼痛，但他們還無法判斷疼痛出現的依據。

澤蘭並嚴格要求，假如撞上長髮公主，一定要先聯繫最近的除穢者，實習生千萬不能貿然行動。加上這陣子又發生偵查到污穢，但趕至目的地卻一無所獲的狀況。以此推測，很可能是像小紅帽那樣，長髮公主亦在吞食同類，增加自己的力量。

最後不忘特別註明，搜尋長髮公主的行動請在放學後開始，不要擅自蹺課，尤其是毛茅。

被點名的毛茅才會一臉哀愁，整個人像朵蔫了的蘑菇縮在位子上，唯獨那撮小鬈毛還在強烈地刷著存在感。

忍下了想戳小鬈毛的欲望，林靜靜叮囑毛茅，「毛茅啊，學生的本分就是好好學習，天天向上。沒事唸唸書，有事玩玩手遊，養幾個男人，努力刷任務送他們禮物……」

「靜靜，妳把妳的對話框和內心話放顛倒了。」毛茅轉過臉，微笑地說。

林靜靜閉上嘴巴，裝作剛剛說話的人不是她。

要死了，不小心暴露出自己平常在玩什麼遊戲了……

毛茅倒是不在意林靜靜私下的喜好，他自己都熱愛小黃書、看大胸美人了。想到自習課還要二十分鐘才會結束，他就忍不住長吁短嘆起來。

剝奪學生蹺課的機會……學校眞的是太不人道了！

就在這時，被收回抽屜的手機「嗡」地發出震動。

毛茅摸出手機，發現是高甜主動發了訊息給他。

我跟烏鴉學長外借你了，今天和我同組。先陪我回家一趟，再開始搜查行動。

爲了不引起無謂的騷動，高甜放學後並沒有出現在一年五班的教室前，而是和毛茅在校外另外約了一個會合地點。

黑長髮少女僅僅是佇立於牆邊，都美得令人移不開目光。

聽見有跑步聲往自己靠近，高甜轉過頭，看見了揹著齒輪包包的紫髮男孩朝自己揮著手。

「高甜！」毛茅露出開朗的笑臉，金眸彎起。

那是無論怎麼看都讓人覺得可愛稚嫩的臉蛋，與其說是高中生，不如說更像是國中生。

可是除了可愛以外，高甜還感覺到某種她還說不上來的……

但她已經直覺到，那目前仍模模糊糊的東西，會像是綠芽鑽破土層。再過不久，將會拔高茁壯，成爲撼動不了的參天大樹。

將那份猶然模糊的感覺壓下，高甜朝毛茅點頭，「先到我家去，我想把制服換掉，然後就先照社長分配的路線開始檢查。」

「了解。」毛茅自是沒意見，他揚揚手機，「我先跟我家的那兩隻說一下，叫他們出來跟我們碰頭，他們倆也可以幫忙的……啊，放心。」

發覺到高甜瞇起漂亮的眼睛，毛茅馬上拍胸口做出保證。

「絕對，會小心不讓別人發現他們的特殊的！」

高甜銳利的視線果然收回去。

毛茅剛打電話回家裡報備，馬上就收到不滿的咆哮。

「朕的罐罐！說好要迅速回來，爲朕送上的鱈魚肝罐罐呢？」

「那肯定是你在作夢啊，大毛。」毛茅笑吟吟地潑著冷水，換來一連串氣惱的喵喵喵，「我是要跟你們說一下，我沒那麼快回去……」

「什麼!?」手機另一端的黑琅更憤怒了，「家裡都有朕在了，你竟然還想著要在外面偷吃？說！你背著朕要去找誰？朕絕對不會打死他，只會咬死他！」

早在黑琅吼出「什麼」的時候，毛茅就把手機拿離耳邊，默數了三十秒才又將手機貼回。

「大毛啊……」他語氣如春日溫暖，「想要接下來三天，你的食物都送給毛絨絨嗎？」

只不過吐出的內容卻是寒風陣陣。

黑琅立即沒了抱怨，只剩下哼哼兩聲，當作意思意思的不悅。

輕鬆擺平了家裡的貓，毛茅快速交代一下他的行程，以及打這通電話的重點。

結束通話，毛茅向高甜比了一個搞定的手勢，眼角微挑的圓滾金眸裡透出不自覺的狡黠。

高甜忽然理解，爲什麼白烏亞會覺得自己的直屬令他想到人形貓咪。將微微發癢的手指蜷起，她克制了想去撓對方下巴的衝動。

從榴華高中走至綠回大地社區大樓花了一些時間，但兩人也沒想到會在電梯前碰上剛好回家的艾葉。

褐髮少女一見到高甜，臉上頓時閃過尷尬和緊張，似乎是回想起昨日對方的冷酷對待。但對於毛茅，她只是略帶好奇地瞥了一眼

對她來說，那只是個陌生的同校學生而已。

更何況，那張臉眞的太稚嫩。就算這是艾葉頭一回見到高甜帶男生回來，也絲毫不會將兩人往男女之間的感情上想。

對於高甜強烈排斥蘇枋的事，艾葉其實仍感到耿耿於懷。可經歷昨日那麼一遭後，她也不敢再貿然在對方面前提起這個名字。她縮在電梯角落，等到自己住的十樓到了，連忙像逃難般快步走出去。

「艾葉。」高甜忽然開口。

艾葉差點像小兔子般跳起，就連向後看的眼神都是戰戰兢兢的。

高甜沒有廢話，「遇上不對勁的事，打手機給我。」

「啊？啊……」艾葉懵懂地點頭，也不知道是聽明白了意思沒有。

也許艾葉自己沒多少自覺，但高甜猶然記得清楚——自己的表妹也是被長髮公主盯上的獵物之一。

再一層樓，就是高甜居住的地方。

「叮」的一聲，電梯門緩緩向兩側退開，身爲屋子主人的高甜自然率先走出。

「先別動。」毛茅忽然拉住了高甜的手，他的聲音很輕，幾乎像是氣聲。

高甜一愣，注意力控制不住地分散成兩股。一股自然是放在毛茅的話語內容，另一股卻是黏著在肌膚上感受到的溫熱。

只不過那抹舒服的熱度很快便挪開。

毛茅朝高甜比了個噤聲的手勢，再用口形做出「妳後退」，然後由他上前一步，負責接過開門的工作。

高甜不明白毛茅的舉動是因爲什麼。

但下一刹那，她就知道了。

鑰匙轉動，隨著門扇往內推開——一抹修長的身影也暴露在大亮的燈光之下。

相貌俊秀、氣質溫和的金棕髮青年捧著大束嬌嫩欲滴的紅玫瑰，眉眼深情地望向門外。

幾乎是雙方視線碰個正著的瞬間——

蘇枋向來溫文的面龐被憤怒扭曲為猙獰。

高甜的表情化為空白，似乎反應不過來自己看到了什麼。緊接著她猛然摀住嘴，劇烈的反胃感一路上湧。

蘇枋居然待在她的屋子裡……這份認知足以令她作嘔欲吐。

從來、從來，就沒有人可以令她感到那麼噁心！

他是怎麼進來的？他怎麼有辦法進來？他為什麼會有這裡的鑰匙？

空白過後就是一條條疑問洶湧冒出，伴隨而來的是越漸勃發的怒意。

但不等高甜發難，一陣怒吼先在走道間響起。

「你這個骯髒小鬼！你怎麼能……你怎麼敢……」蘇枋丟了一貫的涵養，紫髮男孩跟著高甜一塊回家的事實讓他徹底失態，前所未有的妒意如熊熊大火在他心底焚燒。

這個地方，綠回大地的B棟11樓89室，是他心目中的聖地！

現在，卻有一個男的跟著高甜回來了！

蘇枋看起來氣壞了，他唾沫橫飛地破口大罵：「她是我的女朋友！誰允許你隨便跟隨她回來的？這裡是我跟她的家！」

「這是我自己的家！滾出去！」高甜厲聲大喝，射向蘇枋的目光道道如最鋒利的劍刃，「不然我立刻報警！」

這份不留情的驅趕似乎讓蘇枋像兜頭被澆了盆冷水，他暴怒的眉眼霎時一怔，難以置信地望向高甜。

「爲什麼……」蘇枋喃喃地問，「我喜歡妳，我愛妳啊……」

他明明奉獻上他的眞心，爲什麼喜歡的人卻棄之如敝屣？

「愛啊……」

突然間，一道哀愁的少女嗓音加入進來。細細的聲音落在三人之間，卻恍如驚雷驟響。

這個地方，還有第四個人！

少女的傾訴沒有消失，如泣如訴地進入了毛茅他們耳中。

不祥的預感閃現毛茅心頭，他記得這個聲音、這個語氣。

「人類的愛，不能吃啊……」

「人類的靈魂和血肉才散發著香氣。」

「我想吃、我想吃。」

「讓我吃吧，讓我吃好嗎？」

蘇枋手上的玫瑰花束不自覺砸落在地，艷紅的花瓣飛散開來，像是滴墜在地板上的血漬。

有著長長金髮的布娃娃，從高甜的臥室裡飄了出來。

它有著紫藤花色的眼睛和長長的睫毛，手工有些粗糙，但不影響它的可愛。

唯一美中不足的，就是它的右腳下方少了一截，像被外力粗魯地撕扯過，讓填塞在裡面的棉絮外露出來。

「不、不可能……」蘇枋頭皮發麻，他自是認得那是什麼，那隻布娃娃還是他親手放進高甜房裡的，「我明明把它放得好好的，它明明就只是普通的玩偶……」

可如今，普通玩偶居然「活」了過來。

目睹此景的毛茅和高甜都僵住了，蘇枋慌亂的叫喊更是讓一股難以言喻的顫慄衝上他們的背脊。

這是他們初次見到這隻布娃娃，然而它少了一截的右腳，卻在他們心裡掀起了驚滔駭浪。

那名被取名爲「長髮公主」的人形污穢……她逃逸的時候，留下的就是一隻布娃娃的腳！

而且，那隻腳裡還藏著竊聽器。

他們本來還不知道誰是竊聽者，誰是被竊聽者。

現在，通通眞相大白。

甚至就連那些蘇枋和高甜多次的「不期而遇」，也有了一個更確切的答案。

高甜的手指無意識攢握得死緊，指甲陷入了掌心。

她簡直不敢想像，如果不是紫髮男孩將長髮公主的腳扯斷……那麼藏有竊聽器的人形污穢又會再變回布娃娃，在她毫無所覺之下，繼續待在她的房間裡，將她製造出的一切聲響透過儀器，一絲不漏地傳遞出去。

將她的隱私……全部傳給蘇枋！

「該死的、該死的……」高甜劇烈地喘息，她感受不到掌心的刺痛，也沒發現血珠滴落，她現在只恨不得能將眼前的金棕髮青年千刀萬剮。她寒著臉，霍然往前逼近了幾大步，咬牙切齒，「蘇枋……你根本就是垃圾！」

蘇枋反射性連退數步，一不留神就將細心包裹好的玫瑰花束踩爛。花瓣汁液滲出，混著鞋底的髒污，在地板上留下一條條混濁痕跡。

「高甜，我知道妳很生氣，我沒有要妳冷靜的意思。」毛茅拉拉高甜的衣角，「不過，我覺得我們更應該先看一下那個。」

那個，還飄在空中的金髮布娃娃。

不知不覺中，它被撕裂的右腳居然重新生長出來。

盛怒終究沒有沖昏高甜的理智，她即刻開啓了回收場。

就在無數光絲籠罩住此處，轉眼間所有顏色抽離得只剩藍與紅之際——

一圈白光散出，布娃娃的形體消失，赤腳踩在化爲暗紅磁磚地板上的，是一名垂散著長長金髮的秀美少女。她五官精緻，微蹙的眉宇好似籠著濃濃的憂愁，纖密的眼睫毛半掩住她紫藤花色的眼眸。

她穿著平口洋裝，露出線條滑潤的肩頭，腰間垂下多條掛著小齒輪的細繩。下半身宛若被多朵青碧薔薇團團簇擁，一條粗重的鎖鍊則被她那雙白皙的手抓纏著。

而這之中最引人注目的，無異是少女長過全身的金黃髮絲。

它們就好像閃閃發亮的金色河流，蜿蜒在她腳邊，就等她一走動，漫出圈圈漣漪。

金髮少女抬起眼，無論她的神情或語氣再怎麼悵然，那雙紫色眸子都沒有任何溫度，彷彿無機質的玻璃珠，彷彿昆蟲冰冷的眼睛。

這份違和感，讓人不禁感到毛骨悚然。

當金髮少女望過來時，蘇枋本能感到一股顫慄自體內竄出。他急促地喘了一口氣，手心冒汗。

他知道眼前的少女是什麼了。

那是除穢者協會早已發函通知，要各大除污社嚴加提防，但他至今未曾當一回事的——人形污穢！

蘇枋無論如何也想不明白，自己買來送給高甜的布娃娃……怎麼會變成了怪物？

被命名爲「長髮公主」的金髮少女歪了下頭，她的眉毛仍是蹙攏著，柔嫩的嘴唇卻拉開一個半月的弧度。

她說：

「我可以吃掉你的契魂與血肉嗎？」

那是在轉瞬間發生的事。

靜靜蟄伏在紅磁磚上的金色髮絲驟然暴起，快如雷電地朝著前方三人射出。

毛茅猛地拉開高甜，讓自己擋在對方身前。

卻沒想到那些燦爛如黃金的髮絲竟然視紫髮男孩爲無物，它們飛快繞開他，像是暴起的凶蛇張牙舞爪地撲向了鎖定好的獵物。

蘇枋瞳孔遽縮，眼底被大片金黃侵佔。

這名金棕髮青年甚至連召出自己契靈的時間都來不及，四肢就被大量金絲捆綁得緊緊，包括指尖也被密密包覆住，完全沒有掙脫的空間。

長髮公主沒有走向被捕獲的獵物，那些髮絲自動將蘇枋拖到她的面前。

蘇枋眼鏡狼狽地歪了一邊，他剛要張開嘴，又一束金髮猝然塞進他的嘴巴內，堵得嚴實。

「我可以吃掉你的契魂。」長髮公主的眉宇不再是緊擰，她展顏一笑，纖白的五指迅雷不及掩耳地沒入了蘇枋的頸側，從皮膚底下刨挖出了一朵淡黃色的花朵。

柔軟的花瓣被粗魯地捏成一團，送進了張開的嘴唇內。

「還有你的血肉。」

那張將花朵吃下的嘴唇如此說道。

卡嚓一聲，令人牙酸的聲響迴盪在屋內。

蘇枋起初不曉得發生什麼事，所有金黃髮絲突然從他身上退離。他就像被抽光力氣，搖搖欲墜，最終雙腿乏力地跌坐在地上，砸出沉重的音響。

他想要伸手按住剛才被入侵的頸側，可是就在他想要舉起右手之際，他發現一件駭人至極的事。

他舉起了他的手，但是他的手不見了。

「啊啊……」蘇枋眼中先是布滿不敢置信，隨後面容恐懼扭曲，「啊啊啊啊啊啊啊啊！」

他明明沒感覺到任何痛楚，但他的右手肘以下變成空空蕩蕩，就像被看不見的利刀削斷，留下整齊還覆著薄晶的切面。

門邊的毛茅和高甜愕然看向了正退回至長髮公主身畔的金髮。

其中一束明顯鼓起，纏繞著某個長條狀的東西。

從露出間隙的人類指頭來看，那顯然就是蘇枋失去的右手。

然後，那束金髮鼓動收縮，把那隻斷臂完全掩埋住。

頃刻間，隆起處就消平下去。

就好像……好像那些頭髮「吃掉了」那隻手。

「你把討厭的小玩意放進我的腳裡，用那隻討厭的手。」長髮公主舔了舔嘴唇，露出饜足的表情，「那就先把它奉獻給我。謝謝你，它吃起來的味道還不錯，我還想再嚐嚐。」

紫眸內的色彩加深、更深，像是要成爲深不見底的漩渦。

「但作爲感謝，我願意放在最後。」長髮公主漫步向前，她的金髮跟著搖曳生姿，似乎那是覆蓋整間客廳的活物。

「爲什麼就是不接受我？」

「我既然喜歡妳，妳就該喜歡我。」

「高甜，妳只能接受我，只能喜歡我。」

「妳不能有別的選擇、別的決定、別的思考。」

「妳必須乖乖聽我的話，像個美麗但只知道喜歡我、只知道愛我的洋娃娃。」

長髮公主咯咯笑起，那異於她聲音的男性嗓音接二連三地吐出。

聽見聲音的蘇枋像一時忘了失去手臂的震駭，他抬起頭，面色蒼白地看著倏然間和他擁有相同聲音，還說出他隱晦祕密的金髮少女。

她爲什麼會知道？

她究竟是怎麼知道的？

長髮公主細細的眉毛依然擰蹙，像打了個結。然而她的嘴角裂得幾乎至耳際，一雙紫藤花色的眼睛卻是像兩顆冰冷的玻璃珠。

這詭異的反差，教人看了寒毛直豎。

長髮公主看似要走向情緒瀕臨崩潰的蘇枋，可下一剎那，粗長的金色鎖鍊竟是毫無預警甩撞向另一端的毛茅與高甜。

金影迅烈逼近。

「六花！」高甜的眼凌厲一瞇，腳下影子翻騰，六把長刀應聲飛衝出來，在她和毛茅身前形成一道堅固屏障，迎頭擋下鎖鍊的攻擊。

同一時間，長髮公主那頭長如金河的髮絲「唰」地縮減大幅長度，讓她得以在不受妨礙的情況下，迅速從最近的窗戶一躍而下。

人形污穢居然採取了聲東擊西的手段！

毛茅和高甜一個箭步跑向窗邊，卻只來得及見到那抹金影宛如飛鳥，幾個起落就消失在他們的視野內……

消失在這個紅與藍的世界。

毛茅反射性低下頭，猶如在衡量十一樓的高度。

高甜像抓小雞般大力扯回人，「把你的智商帶上，你跳下去的話就可以永遠不用再爬起來了。」

契魂可以讓普通人變得力量更大、身手更敏捷迅速，但不代表可以讓人從十一樓跳下去還不會死。

兩人對視一眼，當機立斷選擇了科技的發明——電梯。

眼見他們似乎要棄自己不顧，蘇枋慌了。他拖著虛乏的腳步試圖站起，卻換來了幾步踉蹌，只能靠著牆粗重喘氣。

「高甜……高甜！」蘇枋聲嘶力竭地喊，那聲音像呼救又像詛咒。

高甜看了一眼蘇枋，她的眼神沒有同情、沒有悲憫，只有一片置身事外般的漠然。然後她走至蘇枋跟前，不留情地將人擊昏，任憑他橫倒在地板上。

「高甜，電梯來了！」已經跑去按電梯鈕的毛茅在大門外呼喊。

黑長髮少女大步行走間拿出手機聯絡上伊聲，並且快速報了自家地址和這裡的狀況。

這已經不是單憑他們社員能夠扛下的事。

必須要有「大人」出面處理。

第十二章

按照著長髮公主最後消失的方位，毛茅和高甜追到了他們原本和黑琅、毛絨絨約好的集合點。

「太慢了、太慢了，朕的時間如此寶貴，朕的出場費可是超級昂貴的啊！」蹲在人行道花圃上的大黑貓，一眼就瞧見飛奔過來的兩道身影。

「陛下，我總覺得毛茅他們跑得好像有點太急……」與黑琅同樣姿勢的白髮少年狐疑地說，「難道說是急著見到我的臉……好痛！」

「蠢。」如閃電抽出尾巴的黑琅不屑地說，「有朕在，你以爲你那如螢火微弱的光芒，能與日月爭輝嗎？當然是急著見朕！」

「嚶嚶，說好打人不打臉的啊……」毛絨絨委屈地摀著臉頰。

「朕是打鳥。」黑琅一派高貴冷艷的姿態。

「大毛、毛絨絨！」毛茅一個箭步衝到了自家兩隻寵物前，「你們有看到長髮公主嗎？」

「長髮公主？她不是在故事書裡？」毛絨絨還傻乎乎地回答。

「白痴。」黑琅已經看不下去地一掌將那顆白腦袋巴開，「毛茅說的是那個頭髮長得不知道幾天才能洗好的雌性污穢，姑且把它算作雌性吧。誰知道它有沒有多一套器官，或是乾脆沒器官。」

毛絨絨瞬間回想起來了，他驚詫地瞪圓藍眼睛，看著一起奔來的毛茅與高甜，「她、她又出現了!?」

高甜眉頭微蹙，從毛絨絨的反應來看，可以簡單推出他們不樂意見到的答案。長髮公主沒有往這邊來。

「那她還能去哪？」毛茅自言自語地說，「她吃了蘇枋的契魂，沒有再攻擊我們，反而逃出回收場，我以爲她會想要再吃第二個的。」

「第二個什麼？」毛絨絨下意識問。

「靈魂，專業點的說法就是契魂。」毛茅抱著雙臂，認眞地說，「人形污穢……噢，魔女，喜歡吃熟的契魂加上全生的血肉。」

「這樣聽起來好像在吃什麼豪華料理啊。」毛絨絨小聲地說。

「如果她把整個人都吃光，那對她肯定是份超豪華大餐了。」毛茅說，「我們以爲她會先針對那些被她打下記號的目標，而她消失的這個方向，的確有一名受害者就住在這，但你們倆都沒感覺到不對勁……」

「會不會是距離比較遠，所以我和陛下才沒發覺？」毛絨絨提出意見，「那位目標先生或小姐是住在……」

「樓上。」高甜冷不防說，「你們面前的那間屋子。」

金眸和藍眼睛頓時一致往上望。

就這麼剛好，二樓的窗戶被住戶打開，可以清楚瞧見是名十六、七歲的少女，身上是未換下的蜚葉高中制服。

「長髮公主沒來這裡，但這裡明明是離她最近的……」電光石火間，一個被毛茅忽視的盲點強勢閃現出來，他瞪大眼，「不對，最近的不是這裡！」

高甜瞬間驚覺過來，「是艾葉！」

他們都被長髮公主消失的方向誤導了，以爲她會直接飛到居住在這一帶的目標——完全沒想過對方是不是會中途折返回綠回大地。

最近的狩獵對象，從來就不是那位蜚葉的女學生。

而是就住在高甜樓下的艾葉！

毛茅他們不敢遲疑，立刻往回跑。

「還傻在這裡幹什麼？沒辦法用飛的就用跑的啊！」黑琅恨鐵不成鋼地對猶搞不清楚情況的毛絨絨一頓猛撓，「要你何用啊！朕回去後一定要叫毛茅把你丟到垃圾箱……喵喵喵喵喵！」

一瞄見有其他行人走來，黑琅果斷切換成貓咪頻道，衝著毛絨絨凶巴巴地吼叫。

毛絨絨被黑琅的威脅嚇得眼淚迅速打轉，就算還沒辦法順利思考，他的身體已經快一步地依本能行動。

白髮少年抄抱起大黑貓，哭哭啼啼地朝前方一高一矮兩道人影狂奔而去。

但跑不到五分鐘，黑琅就嫌棄這輛座車不夠力。他飛快跳下毛絨絨的懷抱，像條漆黑的胖閃電追在毛茅腳邊。

被丟在最後的毛絨絨心裡委屈，繼續嚶嚶嚶地往前追。他的目光專心地落在前方背影上，也無暇分心注意自己是跑到了哪裡。

等到前面的人影霍然停住，他這才跟著煞車，發現這裡是自己曾來過的地方。

高甜住的社區大樓。

還來不及多看四周幾秒，毛絨絨耳朵一動。

包括黑琅也瞇起金燦燦的眸子，轉頭盯往某個方向。

「毛茅，那邊……那邊有聲音，很多人的聲音。」毛絨絨急迫地說，伸手指的正好是黑琅盯的那方。

毛茅沒有絲毫懷疑，動物的聽覺本就比人類敏銳太多，他馬上和高甜跑向社區側邊。

那裡真的聚著一群人，有些是這裡的住戶，有些是剛好經過。

他們大多是站在綠回大地對面的人行道上，仰頭對著上面指指點點，臉上被詫異、狐疑佔滿，還有人拿出手機對著高處拍照。

還未靠近，就能聽見民眾此起彼落的驚呼。

「那是什麼東西垂下來……」

「頭髮嗎？看起來好像頭髮！」

「不可能吧？誰的頭髮留那麼長？」

「但看起來眞的很像耶！」

「頭髮」兩字讓毛茅他們心底閃過不祥預感，飛快跑至人群中，跟著抬頭往上看。

就在綠回大地的十樓窗口，赫然有一大束閃耀著美麗光澤的金色長髮垂曳下來，彷彿是一條凝聚著大量日光碎片的黃金河流奔騰而下，止於離地面一層樓高的位置。

垂下的金髮。

如同高塔的公寓大樓。

「哇喔……」

毛茅仰頭望著大樓，喃喃地說。

「這下可眞的是名符其實的長髮公主了……」

一確認長髮公主就在大樓裡，高甜第一個動作就是開啓回收場。

數也數不清的光絲剎那間交繞成網格，把方圓數公里的區域都圈圍在這座光牢底下。

隨著特殊空間的形成，圍聚在人行道上的路人徹底消失，像被排斥出去。原先亮麗繽紛的色彩轉眼變化，只剩黑與紫兩道色彩佔據整個世界。

「這次的回收場顏色不錯耶。」毛茅眞心地讚歎，「完全不用擔心看不見長髮公主的頭髮在哪裡了。」

正如他所說，垂掛在大樓外牆的金髮在深色世界中，簡直就是最炫目的發光體，要忽視都很難。

確定好回收場開啓成功，高甜有條不紊地照優先順序，快速向伊聲報告現場狀況。

「伊老師，長髮公主在十樓出現，十一樓有人須要先救援，還有圍觀民眾也要處理。」

當最後一件事交代完畢，高甜收起手機，朝毛茅一使眼色。

三人一貓馬上朝目的地飛奔而去。

被納入回收場內的社區大樓內一片空蕩蕩，過分的安靜反而將一行人的腳步聲放得格外響亮。

在即將抵達十樓之際，紫髮男孩與黑長髮少女不約而同地按下金銅手環的紅石——

一鍵換裝！

貓耳帽貶眼戴在毛茅頭上，暗紅色的貼身社服取代了榴華的制服。他拉下掛在帽簷的護目鏡，金眸灼灼發亮。

與此同時，高甜的服裝也出現改變。

高甜的戰鬥服將她高挑姣好的身材包覆得緊密，一雙長腿完全被條紋襪和長靴裹在其中，反而更突顯曲線。

衣領圍住她雪白的頸子，紅色蝴蝶結紮繫在中央。純黑的馬甲束綁出柔韌纖細的線條，大小不一的多枚齒輪圍著金屬玫瑰嵌在腰側，順著裙面的弧度一路向下。

暗紅裙襬前短後長，邊緣的繁複縐摺一動起來，彷彿雲層翻湧。

裝飾著紅緞帶的黑色小禮帽斜斜別在髮上，絲毫不受主人奔動影響。

黑長髮少女宛如一朵最鋒利的鋼鐵之花，凜然而美麗。

當電梯門一開，毛茅和高甜雙雙奔往艾葉的住所，絲毫沒有要放輕腳步的意思，每一下都是強而有力地踩踏在地面上。

既然世界顏色都變了，那麼長髮公主肯定察覺他們的到來，任何隱藏都是毫無意義。

「大毛。」不輕不重的兩個字滑出毛茅嘴唇。

奔跑中的大黑貓貶眼成了一縷黑霧，在毛茅手中化成一條泛著黝黑光澤的長鞭。

這一次，高甜沒有再批評毛茅沒使用基本配備的人造契靈。

艾葉家的大門是敞開的，屋內格局與高甜家基本相同，都是一廳一室兩房。

只不過，如今最靠外的客廳被大量金黃絲線或是交纏或是垂掛，絲絲縷縷，宛如蛛絲盤繞，乍看之下就像踏入了蜘蛛巢穴。

牆上懸掛著一個金色的繭，大小就和少女的體型差不多。

放眼望去，屋內並沒有見到艾葉的身影。

唯有那個大繭不時發出掙動聲，還有微弱的呼救聲。

高甜影子湧動，一柄鑲著華麗齒輪的長刀即刻脫出黑影，將繫吊著大繭的那些金線「唰」地全數斬斷。

隨著金黃色的大繭往如今變成闇黑的地板上墜落，繭上的金絲跟著散開，露出同樣被金色髮絲捆綁住身軀的褐髮少女——高甜揮刀的速度太快，一晃眼間就已揮砍出多道痕跡。

搶在艾葉墜地之前，一條黑鞭俐落地將她朝門邊扯捲過來。

艾葉昏了過去，但從外表看沒有什麼明顯傷處。

確認艾葉無礙後，毛茅將人丟給了毛絨絨。

毛絨絨反射性伸手接住，一臉茫然地看著紫髮男孩。

「把她帶下去。」毛茅說，「晚餐把大毛的份分給你。」

被握在毛茅手中的黑鞭馬上不滿地震動起來，鞭尾甚至自主地要抽上毛絨絨的屁股。

白髮少年嚇得拔腿往外跑。

這個動靜自然不可能沒有驚動到窗邊的人影。

坐在窗台上的金髮少女側過臉，白皙的肌膚被光線輝映得泛著透明。她垂著睫毛，兩條細細的眉毛糾擰成一個結，好似隨時會憂愁得掉下淚來。

但是那雙紫色的眼珠裡，既空洞又毫無感情。

「那是我的存糧。」她的嗓音幽幽細細，卻像對她口中的「糧食」不以爲意，還任憑毛茅他們將人帶離，「我在等她成熟的。」

等什麼東西成熟？

毋須多問，毛茅他們都知道——是契魂。

「她本來就快成熟了。」長髮公主放下屈起的雙腿，白皙的腳掌被黑色的磁磚映襯得像在發光，「不過現在，有更美味的了。」

那雙紫眸直勾勾地盯著高甜。

毛茅覺得那眼神就好像在看一份豪華大餐。他握緊長鞭，往高甜的前方再挪了一步。

從小紅帽和方才在十一樓的情形可以推測出一個結論，這些魔女很顯然都認爲他難吃得要命，才連把他放進菜單內的欲望都沒有。

這挺傷人自尊心的，好歹自己怎麼看都是充滿膠原蛋白的水嫩嫩男孩子一枚啊……起碼肉體應該還有點吸引力吧。毛茅在內心長吁短嘆地想，但表面絲毫未放鬆警戒，大大的金眸瞬也不瞬地留意長髮公主的動作。

同時，他的心裡也還有疑問。

既然高甜的契魂對魔女來說非常美味，那麼她剛剛爲何沒趁勝追擊，反而是跑來等級要往後排的狩獵對象這？

而且，長髮公主還沒挖出艾葉的契魂，怎麼現在又放棄了？又是爲什麼重新鎖定高甜？

毛茅試圖從這些行爲中釐清出一個答案。

目前最有可能的是……

先攻擊蘇枋，是因爲他來不及反抗；沒立刻攻擊高甜，也許是察覺對方的強悍，覺得時機未到，還要再補充點力量，所以才跑來了艾葉這。

可是眼下她還沒從艾葉身上補充力量，就要再對高甜動手了？

毛茅想不通這中間的關鍵，不過下一刻，他的疑問就有了解答。

長髮公主的手上忽地出現一個小巧細長的發光體。

那東西表面罩著薄膜，裡頭能見到無數黑籽翻湧，初看像一株包含大量孢子的孢子囊。

但是毛茅和高甜都知道，那不是一般人認知中的菌植。

那是孕育著污穢的載體。

「噢……」毛茅恍然大悟，眼裡閃過利芒。

怪不得長髮公主對艾葉的契魂不重視了，因爲她找到更適合的補充品，她的同類、同胞、同伴。

污穢。

在孢子囊表層浮現裂縫的剎那，長髮公主仰著頭，張開嘴巴，將之一口吞了下去——

還未降臨世間的污穢，就這麼成了她體內的養分。

長髮公主倏地像是一尊腦袋將被擰下的古怪人偶，纖細的頸子霍地一折，嘴角裂到耳際，面對著毛茅他們拉出了弦月般的大大笑容。

毫無預警，被素白雙手抓住的金黃鎖鍊猛然揮出。

強烈的力道帶動氣流，形成了尖銳的呼嘯聲。

凡是鎖鍊揮掃過的地方，皆留下大量破壞痕跡。

平滑壁面迸開深深裂縫，水泥碎屑撲簌掉落；液晶電視、書櫃、茶几、裝飾用的花瓶……全都嘩啦嘩啦地碎了一地。

毛茅和高甜在不算大的客廳裡閃躲，除了要避開緊追不放的鎖鍊外，還要敏捷躍開地上的鋒利碎片，更要嚴防冷不防衝起的金色髮絲。

多方包夾之下，兩人很快就被逼到窗邊。

長髮公主提著長度足以盤旋地板好幾圈的鎖鍊，靜靜站在毛茅他們面前。她眸裡的色澤更深，如同戮氣四溢的漩渦，兩簇蒼白火焰在漩渦中燃起。

然後——

金黃色髮絲猛地衝撞向那堵對著馬路的牆壁，「轟」的一聲，輕易就將整面水泥牆破開一個巨大的裂口。

猛烈的轟擊下，離牆邊最近的毛茅和高甜無法避免地遭到波及。

他們只覺腳下地面驀然一空，黑色磁磚塌陷下去。

崩解的水泥混著磁磚片從高空向外灑落。

來不及防備的兩個人只能驟失平衡地向後栽下……

當毛茅意識到自己正從十樓高的地方往下跌的剎那，他在空中猛地扭身，左手使勁往前伸抓，及時抓到了高甜的手，緊握在另一隻手上的黑鞭同時凌空揮甩。

通體透黑的長鞭末端自動延展長度，就像擁有生命般緊急纏捲住外牆突出的鋼筋，及時扯住了毛茅和高甜往下墜的身勢。

「媽啊，差點要因公殉職了……」毛茅喘著氣，朝高甜咧出未曾被死亡陰影籠罩的笑容，「高甜，妳還好嗎？」

高甜眼裡留著點驚魂未定。饒是她再怎麼冷靜自持，還是個擁有執照的除穢者，也是第一次和死亡距離這麼近。

以這高度跌下去，腦漿迸裂的機率只怕高出百分之七十以上。

但高甜很快穩住心緒，她向毛茅一點頭，目光轉向了那從斷牆處不斷溢出的黃金長髮。

金色髮絲在深紫與闇黑的空間中，有若閃閃發光的瀑布，幾乎披覆至一樓處。

兩人對視一眼，不假思索地一塊往大樓外牆的方向跳。一抓住金髮，就將之當成繩索，飛速往下滑墜，最後再一鬆手，雙雙落足至一樓地面。

「……毛茅？」抱著人跑出大樓的毛絨絨呆愣地看著也在外頭的紫髮男孩與黑長髮少女，不明白他們怎麼動作比自己快。

他明明還用飛的！

毛茅沒給他說明，只是朝他做了個手勢，要他先把艾葉找地方安置好。

雖然鎖定了更好選擇的長髮公主估計不會再回頭挖艾葉的契魂，但有所預防總是好的，而且也能避免艾葉待會遭到波及。

爲了能趕快回來成爲紫髮男孩的助力，毛絨絨迅速領命。

金耀長髮依舊靜靜地垂掛在大樓外牆上，一時間似乎不會再有動靜。

「我希望她不會想在上面等著我們再爬上去。」毛茅仰高腦袋，望著牆壁被毀壞大半的十樓，發自肺腑地說。

猶如聽見他的願望，大樓外的金髮驀地向上收回，緊接著一抹纖細人影緩緩從缺口走了出來。

長髮公主漫步在虛空中，彷彿那裡有一座看不見的階梯，緩緩將她自高處迎下。她拖曳著華麗的金髮，輕飄飄地降落，拖纏著同色系鎖鍊在地面砸出了匡啷的重響。伴隨著那陣金屬聲響，嘴角裂至耳際、臉上彷彿凝固著歪斜笑容的少女說：

「人類污染了土地。」

「土地滋養了怪物。」

「怪物再吃掉人類的靈魂。」

「但是現在，只有靈魂是不夠的。」

「我們幾個覺得血與肉與靈魂，才是更棒的。」

最後一字甫落下，像石頭墜入池面，激出漣漪的瞬息之間——

長髮公主的身體驟然像吹了氣般迅速脹大，背部裂開，自脊骨位置鑽湧出多道蒼白荊棘。

荊棘朝左右兩側伸展開，既像蜘蛛的步足猙獰嚇人，又像白骨堆砌而成。

彷如青色薔薇花團成的裙子底下，亦再增加了四條腿。

六隻腳凹折成L形般的角度，像是昆蟲的節肢。

那張籠著憂愁的面龐，則在轉瞬間沒了泰半五官。白皙的皮膚消失，變成條條交錯的細鍊。細鍊下卻不見血肉，被一片虛無取代，僅剩兩隻黑漆漆的窟窿裡燒著灼灼白火。

這似人非人的恐怖模樣，更貼近協會所訂下的正式稱呼——魔女。

但比起被她的外貌震住，毛茅與高甜更在意的是她話中使用的複數人稱。

還有更多的人形污穢。

更多的魔女！

「除了妳和小紅帽，究竟還有幾個魔女！」

面對高甜嚴厲的逼問，金色的魔女放聲大笑，眼眶中的白火隨之晃動。

「魔女？這是你們人類給我們的新名字嗎？聽起來很有趣啊。我會告訴她們的，告訴她們看在這一點份上……」

她吃吃地笑著。

「不單是吃掉你們的靈魂、你們的血肉，包括臟器、大腦、脊髓都要丁點也不剩地——吃掉！」

無數粗大金鍊沖天拔高，一道道矗立在黑色路面上，像是集聚成一座鎖鍊森林。

長髮公主利用背後的白荊棘攀附在上，像隻碩大又古怪的變異昆蟲。

垂落的長髮則如暴虐的大蛇。

它們數條數條地絞在一塊，壯大自己的體型，末端眞的分裂出布著密密三層利齒的駭人嘴巴，尖嘯著就朝毛茅與高甜撕咬過去。

毛茅兩人飛快往不同方向退閃。

毛茅手裡的黑鞭運用得純熟自如，甚至比追擊他的金髮還要靈活。

只見隱泛黑光的長鞭迅速鑽繞過一束束金髮間隙。

下一瞬，成排鋒利光羽冒出，將金髮齊齊削斷。

黑鞭抽回，毛茅迅雷不及掩耳地再竄躍上其中一道粗如大樹的鎖鍊，衝著和他對上視線的長髮公主咧開白牙，露出了鋒利如刀的愉快笑容。

另一邊，高甜握住平空乍現的長刀，在鎖鍊森林間健步如飛，暗紅裙襬翻騰湧動，彷如一朵朵開綻的紅蓮。

她身後是有著三圈利齒的金髮怪蛇緊追不放。

眼見前方粗如樹的鎖鍊遮擋了去路，高甜沒有繞道而行，反倒加速躍起——長靴蹬上矗立的金鍊，藉著反射力道在空中輕巧地完成一記翻身。

落地剎那間，長刀揮斬，毫不手軟地剁了那隻根本來不及改變方向的金蛇。

不只是那一隻。

接連從影子飛速竄出的五把長刀，不客氣地將其他幾隻一併剁了。

驟然間失去多束金蛇，讓金色魔女從體內發出尖喊。那聲音就像無數昆蟲齊聲嘶鳴，但緊接著追過來的長鞭讓她越發躁怒。

紫髮男孩簡直就是怎樣也撥不掉的小蟲，矮小的身子不斷在鎖鍊之森飛躍穿梭。帶著光羽的純黑長鞭凶悍地撕裂空氣，一不留神就會被絞碎長髮，切割血肉。

此時高甜也縱身登上了由鎖鍊纏塑出來的大樹。

明明雙方沒有言說，但高甜和毛茅就像有著與生俱來的默契。兩人飛也似地展開行動，從不同方向包夾那抹變異如巨大昆蟲的金影。

鎖鍊森林給了長髮公主一個可靈敏活動的場地，卻同時也削弱了那些金黃髮絲的機動性。通體透黑的長鞭如影隨形，無論怎樣也甩脫不掉，時不時能見到金色中夾雜血色紛飛。

六把長刀快如閃電，隨著高甜的意志前行、翻轉，敏捷得宛若被注入了生命力。往往瞬間就在長髮公主身上留下深深血痕。

高甜臉上沒有表情，可一雙眼眸湧動著狂氣，墨亮得驚人。她就像放出柙的猛獸，眼珠越來越熾亮。

面對那幾乎滴水不漏的攻擊網，長髮公主眼中的兩簇蒼白火焰彷彿感知到主人情緒，燃動得更加猛烈。

她猛地尖鳴一聲，垂散在身後的長髮有如蠍子的尾針，迅疾猛烈地舞動。它們發狂地追著在林間躍跳的兩條人影，逼得他們不得不遠離森林領域的一剎那——

長髮末端如海葵張開，從中心處噴吐出漫天堅硬如鋼針的金絲。

當毛絨絨衝回戰場的時候，目睹的就是數也數不清的尖銳金針襲向當中的兩道人影。

「毛茅！」毛絨絨驚恐尖叫，柔弱的身子猛然湧出了爆發力，像顆炮彈般撲了過去。

流動著微光的結晶翅膀瞬間伸展開，翅膀尖往前收攏，一舉將毛茅與高甜庇護在自己的保護網內。

尖如鋼針的金絲全數被結晶鑄成的翅膀擋下。

它們就像撞上了一面堅不可摧的盾牌，通通被彈震開來，叮叮噹噹地灑了一地。

但第二波、第三波的攻擊緊接而來，幾乎沒有一絲空檔。

毛絨絨動都不敢動，他低著頭，緊緊抱著懷中人不放。

又一波攻擊挾帶銳利風聲來到，隨後傳進毛絨絨耳中的還是熟悉的叮叮音響，但這次他卻沒有感受到自己雙翼上的震動和傳遞至肩胛的刺痛。

攔截下金絲的，不是他的翅膀。

毛絨絨霍地扭過頭，水藍的眼睛瞠大，納入了一道站在前方的暗紅身影。

那人就算下壓著身勢，雙膝屈起，手持大型鐮刀扛住了魔女的攻擊，依然可以看出他的個子相當高挑。

黑色禮帽被他隨性地戴在頭上，歪了一邊，從帽下鑽出的白金色短髮彷彿星屑一般閃閃發亮。

暗紅色調的金線大衣將他挺拔的身軀包覆在裡面，筆直的雙腿則收進窄長的褲管及漆黑長靴內，把那流暢的線條拉得更爲賞心悅目。

明明暗紅與黑的色調組合起來並不張揚，但那人就是穿出了遮掩不住的奢華與優雅從容。好似這些本來就是渾然天成，與生俱來。

從毛絨絨的角度看，能清楚瞧見那柄起碼有一人高的鐮刀上，還裝飾著華麗的鐘錶面盤，長短針居然眞的在卡卡轉動，幾枚金屬齒輪圍簇在周邊。

「社長？」毛茅也探出頭，金澄的眼睛張得圓滾。

時衛分了點心思，回頭看向自己的學弟妹。那張俊美無儔的臉孔上仍是一派貴氣、漫不經心，彷彿他前來參加的是一場悠閒茶會，而不是生死交關的戰鬥。

「沒受傷吧？」時衛唇角噙著時常令人捉摸不定的笑意，「伊老師和其他除穢者很快就到。烏鴉趕不及，所以這場就我上了。」

就連眼下的說話聲調，也像在和人隨意聊著無關緊要的小事。

但就在下一秒，時衛尾音瞬揚。

「高甜！」

高甜立刻心念電轉，三把長刀平空浮現，立時飛衝向林間那抹像是大型昆蟲的身影。突來的攻擊逼長髮公主移轉了注意力。

密集金針霎時消失無蹤。

「時衛社長。」毛茅拉開與稚嫩外表一點也不相符的鋒銳笑容，「我們把公主拉下來吧！」

「今天……」時衛抬腕，看了下錶上時間，「大概是十五分鐘吧，高甜負責收尾。」

高甜頷首。

「十五分鐘？是表示我們會在十五分鐘內滅掉它嗎？」毛茅興致高昂。

「錯，是我最多只能撐十五分鐘。」時衛馬上潑了一盆冷水。爲了節省時間，他語速相當快，可每一字又無比清晰地落進其他人耳內，「天生能看見別人契魂位置又不是沒有負作用的，我體虛，契靈也虛，撐不了太久。」

這還是毛茅頭一回看見有男人理直氣壯地說自己虛，偏偏這名活脫脫像是貴族的金髮青年還不以爲忤。

「待在原地啊，毛絨絨。」毛茅揉了一把毛絨絨的白髮，笑出一口白牙，金眸亮得像跌進了日光，「你已經做得很好啦。」

毛絨絨不自覺地搗著腦袋，藍眼發光，他被毛茅誇獎了！

「那麼接下來，加油啦，社長，要好好撐住啊。畢竟男人——不可以沒持久力呀！」在那道彷若大笑的歡快喊聲中，毛茅像顆竄出槍口的子彈，一馬當先衝進了鎖鍊森林。他「唰」地甩出長鞭，鞭身瞬間自動增長了數倍長度。

在毛茅的巧勁之下，純黑色的長鞭在半空繞成一個碩大的圓。

不可思議的事發生了。

紫髮男孩赫然利用自己甩出的鞭身作爲踩踏的支點，他身姿輕盈如燕，敏捷得超乎想像，彷彿無視了重力的法則。

他飛躍的高度霍然再拔高一大截，輕易躍過長髮公主的頭頂。

金色的魔女反射性仰頭，燃著白火的雙眼卻來不及捕捉到那一道疾風似的人影。

毛茅在高空俐落翻身，長鞭隨他心意，粗暴又快速地收割著那勾住鎖鍊樹木，好讓對方方便在林間行動的白色荊棘。

同一時間，抓住絕佳空隙的時衛欺近，鐮刀快狠準地橫切過金色魔女的六隻步足。

一隻、兩隻、三隻……卡卡卡的折骨聲接連響起。

在雙方上下夾擊之下，利用白荊棘和步足勾住鎖鍊的長髮公主頓時失去支撐，那具龐大身軀從高處跌落，重重墜落在漆黑的地面上，引發一陣劇烈的響動。

黑色靴尖「喀」地靠近，高甜冷冽剔透的嗓音響起。

「我的契靈又叫『六花』，妳知道它爲什麼會叫這個名字嗎？」

說時遲那時快，六朵冰冷銳利的鋼鐵之花平空盛綻在空中，刀刀都是刀尖朝下，閃爍著森寒的光芒。

轉瞬間，三十六把長刀宛如一場盛大的急驟之雨，在銀光連連閃爍中，將長髮公主的身體捅成篩子。

其中一把不偏不倚擊碎了藏在體內的核心。

清脆裂響迸開。

被稱爲「魔女」的巨大人形污穢像被按下了停止鍵。

蒼白火焰凝滯，飄曳的髮絲浮停，時間就像在她身上凍結了一樣。

下一剎那，金色鎖鍊之森和那抹身形一併瓦解成無數晶砂，彷如在這個紫黑色的世界形成了一灘發光的湖泊。

但光芒的存在只是須臾，旋即便蒸騰得一乾二淨……

潑墨般的路面，最終只剩下多枚泛著淡黃微光的花葉結晶與靜靜躺在其中的布娃娃，以及三十六把在紫夜下折閃出銀輝的長刀。

六花一收，高甜瞬間感受到劇痛從心口處炸開，冷汗滑下那張蒼白又無表情的面容。

本來站得挺直的身子倏地一搖晃，眼看就要狼狽地摔跌在地面上。

毛茅扔開長鞭，立刻往那方向跑去。

「小不點，她不喜歡被人幫助。」時衛倚著他的鐮刀，淡淡地說。

「她不喜歡不代表她不需要！」毛茅頭也不回地喊道。

這句話讓時衛一怔，隨即又不明顯地扯動嘴角。

毛茅及時趕到了高甜身邊，並且在對方感受到實際碰觸之前，手迅速地又收了回去。

高甜被輕輕地放置在地面上，被冷汗浸透的臉龐蒼白似雪，眼神略帶茫然。

回收場還是維持著開啓的模式。

場內，時衛提到的幾名除穢者在伊聲的帶領下，正將失去意識的蘇枋與艾葉帶出大樓。尤其前者還少了半截右臂，協會醫療部的人早已在大樓底下準備就緒。

場外，則還有數人在負責模糊目擊異常金髮民眾的記憶。

專業的除穢者有條不紊地進行著各自作業。

相較之下，除魔社的社員反倒一時無事可做。

時衛收了鐮刀，扯了扯社服上的領結，用鞋尖踢踢變回貓形的黑琅的屁股，「胖貓，帶上你的小弟，一起過來收結晶。」

「你才全家都胖！朕苗條得像條閃電！」黑琅對時衛凶惡齜牙，但又看在對方承認毛絨絨的地位比自己低下，才沒有狠狠地揮出貓爪子，「不准碰朕的屁股，區區凡人碰不起的！喂，傻鳥過來！」

「啊？是！」毛絨絨想也不想地應了一聲。

這一處空間被留給了高甜和毛茅。

直到此時，黑長髮少女一直筆挺的背脊終於垮下。

「他的契魂被挖出來了……」高甜低聲地說，像在對毛茅傾訴，又像在自言自語，「契魂被外力破壞的話，契魂主人就會永遠失去一部分靈魂。還是活著，但不再是原來的樣子。」

即便她的話語沒提到特定人名，毛茅還是知道她說的是誰。

蘇枋。

毛茅保持沉默，他想起了被小紅帽吃掉契魂的薄荷。

金色雙馬尾少女如今在別人眼中就像換了性子、失了個性，中規中矩得再也不復見活力和鮮明的情緒。

讓毛茅來評論的話，那就只是……活著。

「但是……」高甜抬起頭，她的嗓音仍然冷然得像冬日湖水，漆黑如墨的眼瞳裡卻靜靜地滑出淚水，「我卻覺得……終於能鬆口氣了。」

透明的淚水滾落雪白臉頰，來到下巴處，再砸墜至衣物上，轉眼被柔軟的布料吸收進去。

黑髮少女似乎感覺不到自己正在流淚，她平靜地說，「我覺得，眞是太好了……」

太好了，她再也不用被苦苦糾纏。

太好了，她再也不用面對別人強塞過來自以爲的好意。

這些年來的夢魘，總算能就此退去。

毛茅拉過自己的背包，從裡頭只摸到一根球形棒棒糖。他將包裝紙撕開，遞向了高甜。

那雙噙著淚的黑眼睛瞬也不瞬地望過來，盯住那張稚氣未褪的臉龐。

紫髮男孩沒有說不是妳的錯，也沒有說那是蘇枋活該，他只是輕快地說：

「別哭了，笑一個吧。妳笑的話，就會跟妳名字一樣甜啦。」

淚水還凝結在高甜未眨的眼睫毛上，像清晨的露珠。她怔怔然地看著那根似乎甜度特別高的粉彩色棒棒糖，再沿著那隻握住棒棒糖的手，一路望向了那隻手的主人臉上，彷彿要將之深深看進心底。

然後，黑髮少女眞的笑了。

她的笑容猶如一夕間千萬繁花綻放，美得驚心動魄。

散發著悠閒慵懶感覺的傍晚時分，除魔社的社辦裡塞著幾個人。

他們各自做各自的事，不互相影響彼此，但之間的氣氛也不會顯得冷漠，反而透著和諧。

不對，還是有互相影響的。

胖碩的大黑貓露出不懷好意的獰笑，一步步逼近還是小白鳥姿態的毛絨絨。後者瑟瑟發抖，短翅膀遮擋在身前，一步步地往後退。

「不要過來！你再過來，我我我……我就要叫了！」

「呵呵，你叫破喉嚨也沒人救得了你。就乖乖地把翅膀交出來吧，朕今天一定要吃到烤翅膀！」

「咿啊啊啊啊！殺鳥啊！吃鳥啊！陛下你爲什麼非得執著我的翅膀不可？嗚嗚嗚……」

一貓一鳥即刻在社辦裡展開瘋狂的追逐戰。

身爲寵物主人的毛茅眼皮掀也不掀，認真地看著白烏亞推薦的新人必看書籍——《如何增強腰間肌肉，保護好你的腰椎》。

白烏亞安安靜靜地坐在離所有人都有段距離的位子，冰藍色的眼瞳裡含著羨慕地看著一追一跑的貓與鳥，一副渴望參與但又怕被排斥的溫馴模樣。

木花梨揚著溫柔的笑意，在筆記本上塗塗畫畫，勾勒出簡單的黑琅與毛絨絨。

時衛繼續沉迷在手遊世界裡，眼眨也不眨地大手筆課金。

高甜快速又優雅地吃著她帶來的便當，一張美麗得過分的臉龐依舊不帶情緒。吃到一半，忽地停了下來，看看左右，然後面無表情地往毛茅的方向移動再移動，直到兩人中間只剩不到一個手掌的距離，她滿意地又低頭吃起飯。

突然間，一道音樂聲在社辦裡迴盪，令所有人反射性地頓住手上動作，不約而同地看向了聲音的來源處。

那台擺在桌面上的灰色電話。

木花梨自動自發地起身拿起話筒，溫聲細語地問了幾句，接著她回過頭，「社長，是蜚葉除污社的社長，他們……」

「有事直接跟妳說就行了。」時衛懶洋洋的，一點也沒有想要接電話的意思。

「不是，我是要說……」木花梨摀著話筒，不讓他們談論的聲音被另一方聽見，明媚的容顏上也浮上了一抹疑惑，「他們到了，想要進來。」

「誰到了？」時衛擱下手機，稍微坐直身體。

「海冬青，還有他的社員。」木花梨說得更仔細。

「海冬青？」毛茅從書中抬起頭，若有所思地摸著下巴，「這名字有些熟悉耶……跟我認識的一個人一模一樣。」

這話一出，除魔社的其他人登時全看了過來。

「還沒搬來這裡之前，你的隔壁鄰居。」黑琅在桌邊煞車，不再追著毛絨絨到處跑。他舔毛，倏地又跳下桌子，霸佔了毛茅的懷抱，「那個小愛哭鬼就是叫這名字。」

「啊，對耶！」毛茅恍然大悟地一擊掌。

「蜚葉的海冬青應該不是你認識的朋友。」白烏亞說，「他看起來不愛哭也不小，他的身高和我差不多。」

毛茅仰頭看著站起來後顯得氣勢更迫人的灰髮青年，再回想起鄰居的嬌小體型。他和黑琅對視一眼，然後有志一同地搖搖頭。

差那麼多，肯定不是同一隻。

「社長？」木花梨探詢似地望向時衛，電話另一端的海冬青可還在等候回覆。

時衛隨意地揮了揮手，意思是同意。

一聽有外人要來，毛絨絨馬上變回人形，迅速跑到毛茅旁邊窩著。

很快地，社辦內眾人就聽見多道腳步聲接近，接著是有禮的敲門聲響起。

「請進！」木花梨揚聲說。

半掩的門扇被人自外推開，率先入內的是一道高大挺拔的身影。

毛絨絨抓著毛茅的肩，偷瞄著那位藍髮青年。

對方的身高的確和白烏亞不相上下，不過相較於白烏亞精緻的面貌，他的五官偏向凌厲，輪廓有如刀削，一雙深綠色的眼瞳似乎不怒而威。

倘若讓毛絨絨來形容，是個比起注意到長相，會先被他氣勢懾住的人。

「毛茅。」毛絨絨用氣聲拊在毛茅耳邊說，「現在的高中生都長這麼急嗎？一點也不像十七、八歲的年輕人耶。」

「嗯，大概是放起來老吧。」毛茅擼著黑琅的毛，同樣以氣聲回話。

跟在藍髮青年身後入內的，是兩名穿著蜚葉高中制服的學生。他們看起來有些侷促，手腳像不知道該放哪裡。

藍髮青年沒注意到坐在裡邊的毛茅等人，他直視向還是一副慵懶坐姿的時衛。

「我是來道歉的，爲蘇枋的事。」海冬青沒有多說一句客套話，直接切入此行的主題。

一聽到那個名字，高甜面色未顯異樣，可眼神還是往蜚葉一行人的身上瞥了過去。

時衛托著下巴，眼角處像凝著笑，「非當事人來跟非當事人道歉，挺有趣的。」

「你誤會了，我並非代表蘇枋道歉。」海冬青說，「他做的事情他自己承擔，但他確實是給貴社造成了麻煩。第二個人形污穢的出現，與他有關，對吧？」

「對。」高甜倏地站了起來。她異常出眾的容貌與高挑的身高，立刻成了聚焦點。

兩名蜚葉的學生低抽了一口氣，目露驚艷。

海冬青也跟著望過去，但視線在掠向高甜後，又猛地被旁邊的另一抹矮小人影攫住。

「毛茅？」海冬青冷漠如面具的表情登時出現裂縫，這讓他瞬間人性化許多，眼神也浮現明顯的溫度，「你們搬來榴岩市了？」

這出乎意料的局面，令在場人都大吃一驚。

「哎？你認識我？」被點名的紫髮男孩訝異地指著自己，「但我……」

好像不認識你耶。

這句話毛茅沒有說出來，他和黑琅都聯想到一個最開始被他們否認的可能性。

兩雙金眸迅速對望，在彼此眼中都看到了「不會吧？」、「眞的假的？」、「難道說就是那個不可能的答案？」。

不待毛茅再問得更詳細，海冬青主動接下話，「你還記得我嗎？我是海冬青，以前住在你們家隔壁的。」

「天啊……」站在海冬青身後的一名社員小聲地抽口氣，「這是我入社以來，第一次聽到社長主動講這麼長的話。」

這形容可能誇張了點，可也足夠顯示出海冬青的寡言少語。

「小不點，所以他真的是你以前鄰居？」時衛饒富興致地望著毛茅，似乎比起和海冬青對話，這件事更能引起他的興趣。

「照他這樣說，那麼就應該是同一位……沒錯吧。」毛茅難得語氣遲疑。

「有什麼不對嗎？」白烏亞向來關心直屬。

毛茅撓撓臉頰，覺得與其解釋，還不如直接上證據給大家看。他翻出手機，快速找出一張照片。

「也不是哪裡不對啦。」毛茅感慨地說，「就是……男大果然十八變啊。」

沒人聽明白他這話是什麼意思，直到他們看見了手機裡的照片。

像時衛這幾個情緒收斂得好的人，只眼裡閃過一瞬驚訝。而像毛絨絨這種情緒波動高的，則是……

「等、等一下！所以說這個和那個，是同一個!?」毛絨絨一臉目瞪口呆。

偷瞄到的蜚葉社員也是和他差不多的表情，彷彿有一道雷將他們打懵了。

毛絨絨口中說的「這個」，指的是手機照片裡的人；「那個」，自然是指海冬青。

照片裡，毛茅與另一人合照。

毛茅沒什麼變化，最多是眉眼更稚嫩一點。至於另一人，深藍色長髮、深綠眼睛，個頭只比毛茅略高一點，給人的氣質是嬌嬌弱弱，好像風一吹就會倒。就算穿著褲子，乍看下也讓人直覺認爲這是個身子骨不太好的小女生。

毛茅自己也瞪著照片，再瞪著面前那位身高直逼一九〇，不說話時氣場像寒流來襲的大個子，有兩個字他再也憋不住了。

「臥槽。」

附和他的還有黑琅，不過礙於外人在場，黑琅是用喵喵兩聲來代替。

「這不叫男大十八變吧？」毛絨絨喃喃說出了所有人的心聲，「這分明就是換了一個人了吧！」

海冬青簡單地說明，「我以前身體比較不好，後來改善很多了。」

「眞想知道你這些年是嗑了什麼才長成這樣……」毛茅神情恍惚，「我也好想要來一點呀。」

「毛茅，我覺得你這樣就很好，眞的，每個人都有每個人適合的樣子。」木花梨口氣溫婉，但語氣格外嚴肅，「你要相信學姊。」

「還有學長。」白烏亞說。

「還有你重要的朋友。」高甜接話。

「還有你的寵……」毛絨絨的「物」字被黑琅的尾巴抽散，他摀著臉，只能暗自嚶嚶嚶地哭泣。

海冬青聽而不聞，他和毛茅相認的目的只有一個，「毛茅，大哥呢？他也有跟你過來榴岩市嗎？」

「大……大哥⁉」毛絨絨當下連嚶嚶都忘記了，他大驚地蹦跳起來。他在毛茅家當食客好一陣子了，從來就不曉得對方還有大哥，「誰的哥哥？」

「當然是毛茅的哥哥，我以前就跟著一起喊他大哥了。他非常厲害，是我崇拜的對象。」海冬青的表情從冬日寒霜轉變成春暖花開，只不過是一剎那的時間。他的眼裡有光，就像是粉絲瞧見了偶像，連語氣都帶著不自覺的熱度，「我再沒遇過像琅哥那麼好的人了。」

在場的人都沒想到，蜚葉除污社的高冷社長竟然還有這樣的一面。

然而更令除魔社倍感震驚的，是從他口中吐出的那個稱呼。

琅哥。

「請問……是哪個『琅』？」毛絨絨戰戰兢兢地問出眾人的心聲，「你確定……他眞的是毛茅的哥哥嗎？」

「玉部加一個良字的琅。」海冬青的笑意就像曇花一現，那張英俊的臉孔恢復了原本的冷厲，「我不認爲我連這種小事也會弄錯。琅哥和毛茅的眼睛明明就像同一模子印出來的，一看就有血緣關係。」

這下子，毛絨絨和除魔社成員都能非常肯定。

這種小事，海冬青確實是弄錯了，還錯得非常離譜。

毛絨絨等人下意識把視線轉向了擼著貓的毛茅，和那隻一臉享受的大黑貓。

一人一貓的金色眼睛確實怎麼看怎麼像。

黑琅，琅哥。

「臥槽……」毛絨絨和其他除魔社社員一樣，猛然領悟到一件驚人的眞相，他張大的嘴巴短時間都閉不上了。

換句話說——

黑琅除了會變武器、會變貓，還會變成人！

比自己還多了一種！

毛絨絨如遭雷擊，瞬間眼前一黑。

完蛋了……自己比不上陛下，會不會被毛茅拋棄啊！

《除魔派對2》完

後記

第二集的最後一段……意不意外？驚不驚喜？

我們貌美無雙的貓陛下，原來是有人形的唷XDDDD

下一集就會讓黑琅的人形出來和大家見面了，曾是毛茅他們鄰居的海冬青當然也會增加露臉戲分的，想到要寫他和毛茅一家的對手戲，就覺得心癢難耐！

重新回到《除魔》第二集上，這次是高甜的故事。

主題除了在自以爲是的扭曲之愛上，還有旁人不覺有錯的「善意」。

艾葉就是最好的例子，她沒有惡意，但她也從未站在他人立場思考，只是一股腦地把自己覺得好的東西強迫塞給對方，要對方只能收下，不可以做其他選擇。

雖然高甜是新出場的角色，但越寫就越喜歡她，對她的喜愛度拚命上升。雖然毒舌，但也有很可愛的一面，還熱愛吃，與毛茅感覺就是可以結成吃貨同盟了。

她超級美的啊，收到夜風大的美圖時，瞬間想爲高甜的美貌跪下。

這次在寫第二集也是各種挑戰，爆了點字數，後來家裡還發生了一些事情……總之能順利完成眞是太好了。

希望你們會喜歡這次的故事和大小姐！

下一回，因病而減少出場的烏鴉學長將成爲主角。

沒錯，第三集會是屬於他的故事喔。

關於他爲什麼會和人保持距離，又爲什麼被動物討厭……也將在第三集裡揭曉！

我們下一集見了～

附上感想區的QR碼，對於《除魔》1或2有什麼想法，都歡迎告訴我。

醉琉璃

除魔派對熱鬧感想搖滾區QR Code
歡迎大家上來聊聊唷^^

【下集預告】

除魔派對

說到青梅竹馬，就會想到感情好、甜蜜蜜。
但這個自稱烏鴉學長青梅的女孩子……
學長卻對她毫無印象？

面對一臉面癱，但其實正散發SOS訊號的白烏亞，
毛茅身爲他的直屬，自然要爲學長解憂，在所不辭！

只是這憂，不但意外難解，還牽扯出一段被遺忘的往事……
新的風波、新的魔女，
海浪聲連綿不絕，是誰在耳邊細細歌唱？

下一回，〈烏鴉啼鳴末小吉〉
2018/04，預計出版！
學長的安危就要靠毛茅保護了！

國家圖書館出版品預行編目資料

除魔派對.vol.2,月夜下打工小凶／醉琉璃 著.
——初版. ——台北市：魔豆文化出版：蓋亞文化
發行，2018.02
面； 公分.（Fresh；FS152）
ISBN 978-986-95738-4-9（平裝）
857.7 107000099

fresh FS152

除魔派對 vol.2 月夜下打工小凶

作者／醉琉璃
插畫／夜風 封面設計／克里斯
出版社／魔豆文化有限公司
地址◎ 台北市103赤峰街41巷7號1樓
電話◎（02）25585438 傳眞◎（02）25585439
網址◎ www.gaeabooks.com.tw
部落格◎ gaeabooks.pixnet.net/blog
電子信箱◎ gaea@gaeabooks.com.tw
投稿信箱◎ editor@gaeabooks.com.tw
郵撥帳號◎ 19769541 戶名：蓋亞文化有限公司
發行／蓋亞文化有限公司
法律顧問／宇達經貿法律事務所
總經銷／聯合發行股份有限公司
地址◎ 新北市新店區寶橋路二三五巷六弄六號二樓
電話◎（02）29178022 傳眞◎（02）29156275
港澳地區／一代匯集
地址◎ 九龍旺角塘尾道64號龍駒企業大廈10樓B&D室
電話◎（852）2783-8102 傳眞◎（852）2396-0050
初版一刷／2018年02月
定價／新台幣 240 元
Printed in Taiwan

ISBN／978-986-95738-4-9

魔豆

魔豆